二版

A Phonetic Perspective on English Vocabulary Teaching and Learning

從語音的觀點
談英語詞彙
教與學

莫建清　著

三民書局

自 序

英語詞彙的變化日新月異，無庸諱言，詞彙教學也就成了英語教學研究上的重要課題。本書收錄我過去從語音表義 (Sound Symbolism)、語音轉換 (Sound Switching)、語音變化 (Sound Changes)、詞形音位律 (Morphophonemic Rules) 等不同層面與觀點來研究英語詞彙教學的四篇論文。我不敢誇言每篇都具有分量、擲地有聲，但都盡力小心去寫，力求詳盡完美。至於附錄的論文〈如何旁徵博引、小題大作撰寫語言學論文〉，希望能為有志於撰寫語言學論文的讀者提供指引。

本書在認知學習理論 (Cognitive Theory of Learning) 的前提下，闡述詞彙「教」與「學」上應具備的一些以語音為主軸的觀念與方法，這些與坊間常見的英語教材教法專書或論著所處理的方式大異其趣。目前詞彙教學法計有同義詞、反義詞、分析詞首、詞根、詞尾、音與形類似對比法，依據上下文猜測生詞的意義、詞類轉換等，但以語音為主軸的教學法至今似乎尚未充分運用在詞彙教學上。為彌補此一缺失，本書將以深入淺出的方式討論語音與詞彙教學相關的問題，欲使原本枯燥乏味的生詞記誦轉變為激發聯想的認知活動。至於所談的觀念和方法，在詞彙「教」與「學」上是否有啟示作用，便端賴讀者諸君的評定了。

鑒於個人才疏學淺，書中疏漏、失誤或偏頗之處在所難免，誠摯希望方家和讀者不吝批評與指教，以俾於再版時更正或補充。末了，除了感謝三民書局編輯部同仁於百忙之中抽暇逐字校閱及設計版面外，也要特別感謝我的師長與學生，因為沒有他們的「教」與「學」，這些文章是不可能寫得出來的，而我也不會邁入趣味盎然的詞彙教學研究之路。為表衷心感恩之意，願將此書獻給我所有的師長與學生。

2004 年 9 月 30 日　莫建清　序於
國立政治大學 160836 研究室

目　次

第二章　從字根語音轉換的觀點談記憶英文單字 ········ **65**

第一章

談英語語音與語義之對應性

■ 一、前 言

　　劉勰曾在《文心雕龍・章句篇》裡說：「夫人之立言，因字而生句，積句而成章，積章而成篇。」由此可知，詞彙[1]是遣詞造句最基本之要素，是學習閱讀、寫作之前首先應具備之條件。學習英語也是如此，因此，黃 (1997) 呼籲應加強詞彙教學研究之必要性。至於如何加強詞彙呢？除了枯燥乏味的死背的方式外，早在二十世紀二十、三十年代，就有著名的語言學家如 Jespersen (1922)，Sapir (1929)，Bloomfield (1933) 觀察到有些語音確實能代表某種語意，而提出語音象徵 (sound symbolism) 的觀念，也經歷眾多語言心理學家的測試，如 Brown 和 Nuttall (1959)，Taylor (1963)，Weiss (1964)，Slobin (1968)，Iritani (1969)，Kunihira (1972)。但有些英語教學專家可能認為能直接應用語音象徵觀念所構成的詞彙，在整個英語詞彙裡所占的比例小得幾乎沒有存在價值可言[2]，迄今仍無法正式列入教材教法的專書內。[3]因此，詳盡而有系統的介紹語音象徵，並直接應用於詞彙教學上，仍有待探索與建立。

　　由於語言學習在本質上是一種認知過程，為符合 「有意義的學習」 (meaningful learning) 原則，本文試從發音語音學 (Articulatory Phonetics) 的觀點，以二十六個字母為例，說明語音能代表哪些特定的意義，激發學生腦力，運轉口舌，揣摩一番，並期盼原本枯燥乏味的詞彙背誦教學能脫胎換骨變成趣味盎然的認知教學，學生除了有知覺地學習正確且自然的字母發音外，也可習得語音所代表的特定語義，可填補黃 (1997: 323) 所謂的教材教法專書之空白並匡正詞彙教學之偏頗。[4]

---

[1] 湯 (1996: 1) 認為詞彙是由詞語 (包括詞、語素、熟語、成語等) 合成的總和。詞語與語言一樣，具有語音 (可以讀出聲音來) 與語意 (代表特定的意義) 的兩面性。

[2] 請參閱湯 (1996: 1)。

[3] 有篇語音表意 (擬聲詞) 與詞彙教學的論著，由王 (1997) 所撰寫，可供參考。

■ 二、西方人用「音」思考，中國人用「形」思考

　　根據 Cheng 與 Yau (1989) 的研究發現，中國人的右腦對中國字的辨識能力優於左腦，中國人的右腦無論在筆劃簡單或超過二十劃以上的複雜字上，右腦的識別正確率都高過左腦。此外，在同音異字、形似字 (如博、搏) 的對比上，中國人的左、右腦也一樣好。

　　為調整中國人學習生詞的心理語言習慣，黃 (1997: 325) 一針見血地指出：由於漢字發源於圖像，文化歷史上的語義沉積，使漢語形式有因形見義的獨立性。近二十年來，腦神經語言學的研究發現人腦辨識漢字時，不像辨識拼音文字時那麼偏重左腦，而是左右腦並用的。這大概與漢字「形音義」統一體，音同形異的字多，字形與字義有密切的關係。中國學生受到中文的影響，在學習英語生詞時，不去注意符號 (字母) 表述的涵義，而是見一個、學一個、記一個，若以這種方法來記憶 5,000 至 10,000 個生詞，負擔會十分沉重。

　　由於漢字發源於圖像文化，可因形見義，而英文則是以拼音表示，可見這是兩種不同系統的語言。誠如周 (1990) 所言[5]，西方人用音來思考，而中國人是用形來思考。再者，中國人大腦的左、右半腦對文字的處理能力，幾乎相差無幾，在某些情況下，甚至有「右腦優勢」的情形出現，推翻了國外左腦為重的說法。因此，我國學生學習英語生詞的心理語言習慣，的確應作調整。否則，誠如黃 (1997) 所說，如何談「由聲及義，聲入心通」去了解字母代表的意義。

---

❹ 黃 (1997: 323) 評論當前詞彙教學時指出：國內英語教學，因為偏重文法教學，對單詞結構的介紹侷限在與文法有關的曲折詞尾 (inflectional suffix) 和衍生詞尾 (derivational suffix)，但對決定詞義的詞基 (base) 或詞根 (root) 都隻字不談，連英語教材教法的專書或論著，不是輕描淡寫、一筆帶過，就是避而不談，對詞彙教學顯得捉襟見肘、力不從心。

❺ 周 (1990) 開宗明義的說：西方的語言有兩個成分：音和義。中國的語言卻有三個成分：形、音、義。過去談論語言學的人，都說人類先有語言，後造文字。這種說法在西方很合適，但用在中國就有問題了。因為西方先有音表義，然後用「符號」記錄音，它的符號跟義是不相干的；而中國的形是表義的，倒是音跟義沒有關連，是不是中國先有形 (文字) 表義，然後用音伴隨形？也就是說，西方人是用音來思考，中國人是用形來思考，可見這是兩種不同系統的語言。

三、詞首的英語輔音群

任何一種語言，其語音的組合都有它自己的組合規則，並非隨意的組合，而是有些順序上的限制 (sequential constraints)。英語一連兩個或三個輔音串連在一起，形成輔音群 (consonant cluster) 也不例外，這就是所謂的語音組合法 (phonotactics)。

Kreidler (1989: 118–121) 有詳細描述位於詞首的輔音群。其組合方式共有兩種：一種是兩個輔音串連在一起，另一種是三個輔音串連在一起，我們先談前者。Kreidler (1989: 118) 以響度等級 (scale of sonority) 為依據，把兩個輔音串連在一起的組合分成下列四類：

　(i) Cr- (輔音 + /r/)

　　【例】pray, brave, train, drain, craze, graze, frill, thrill, shrill

　(ii) Cl- (輔音 + /l/)

　　【例】play, blade, clay, glaze, flay, slay

　(iii) Cw- (輔音 + /w/)

　　【例】twin, dwindle, quit, Gwen, thwart, swim, whistle

　(iv) sC- (/s/ + 輔音)

　　【例】spy, sty, sky, sphere, smile, snow

以下用 ">" 表示「大於」(more sonorous than)，而各音響度大小順序 (sonority hierarchy) 可依下表排列：

$$低元音 > \left\{ \begin{array}{c} 高元音 \\ 滑音 \end{array} \right\} > 流音 > 鼻音 > 擦音 > 塞音 \text{[6]}$$

依響度大小順序法則，一個最理想的音節包括了一個響度高峰，也就是元音，此元音兩側所組成的音之響度必須遞減。依此次序可排成下表，左邊的直行是第一個輔音 (C_1)，上方的橫排是第二個輔音 (C_2)，C_2 下方每一個子音的直行 "+" "−" 號是指這個輔音是否能和第一個輔音相組合。[7]

---

[6] 有關響度大小順序，請參閱 Kenstowicz (1994: 252–256) 和 Harris (1994: 56–57)。

[7] 請參閱 Harris (1994: 57)。

	C₂ C₁	l	r	w	p	t	k	m	n
(a)	p	+	+	−	−	−	−	−	−
	t	−	+	+	−	−	−	−	−
	k	+	+	+	−	−	−	−	−
	b	+	+	−	−	−	−	−	−
	d	−	+	+	−	−	−	−	−
	g	+	+	+	−	−	−	−	−
	f	+	+	−	−	−	−	−	−
	θ	−	+	+	−	−	−	−	−
	ʃ	−	+	−	−	−	−	−	−
(b)	s	+	−	+	+	+	+	+	+

　　雖然在上表(a)裡，所有輔音群 C_1C_2- 都遵從響度大小順序的法則，但仍有幾點值得一提：(1)英語不容許塞音出現在語音的開頭位置且其後又緊接鼻音，若真如此，則塞音就會變成啞音，例如 pneumatic 與 gnome；(2) C_1C_2 的發音部位點 (point of articulation) 應相異，不可相同，因此英語不容許 pw-、bw-、tl-、dl-、θl- 等的組合；(3) C_2 只容許由流音或滑音擔任。但在(b)裡，由 s 為首的輔音群都不遵照響度大小順序的法則，Kaye (1992: 293) 認為這種輔音群應視為異音節 (heterosyllabic) 結構，如(a)所示；而非同音節 (tautosyllabic) 結構，如(b)所示。

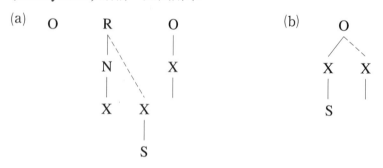

■ 四、語音與語義之對應性

　　現從發音語音學的觀點，逐一簡介英語二十六個字母和輔音群，說明每一個語音的本義與引申義。

● 4.1 簡介字母 a 的語音與語義之對應性

　　字母 <a> 讀成 /ɑ/ 時，/ɑ/ 在發音語音學上列為低元音。發音時，下顎下降至最低點，舌位亦最低，然而軟顎上升，阻絕口腔與鼻腔之通道，此時嘴張得很大，口腔前部的空間比後部大，形成咽腔空間小、聲壓大，因而具有「低」與「大」的本義。

⑴表「低級、低沉之事物、動作或狀態」。

【例】laugh *v.* 嘲笑　　　　　　　　base *n.* 底部　　*adj.* 低劣的，卑鄙的

　　　damn *v.* 貶低；詛咒　　　　　bass *n.* 男低音，低沉的聲音

　　　cadge *v.* 乞討 (金錢、食物等)　bad *adj.* (品質等) 拙劣的

　　　bastard *n.* 私生子　　　　　　bashful *adj.* 害羞的 (害羞時會低頭)

　　　pan *n.* (指有把手的) 平底鍋

⑵表「具有大的觀念、形體、動作、特徵等」。

【例】father *n.* 父親 (古人有重男輕女的觀念)

　　　bachelor *n.* 單身漢 (單身貴族)

　　　masculine *adj.* 陽性的，男人的，男子氣概的

　　　man *n.* 男人

　　　largess *n.* 慷慨，大方；慷慨的贈與 [援助]

　　　mammoth *n.* 龐然大物　　*adj.* 巨大的

　　　massacre *n.* 大屠殺

　　　macrocosm *n.* 大宇宙

　　　maximum *n.* 極大 (值)　　*adj.* 極大的，最高的

　　　bang *n.* (突發的) 巨響；槍聲；爆炸聲　　*v.* 砰砰作響

　　　clang *n.* 金屬相擊之鏗鏘聲　　*v.* (金屬、鐘) 叮噹作響

　　　glare *n.* 刺目的強光　　*v.* 發出強光，閃耀；怒目而視

　　　dazzle *n.* 耀眼的光　　*v.* (強光等) 使耀眼炫目

　　　crash *v.* (發出巨大聲響而) 破碎

　　　dash *v.* 猛衝

　　　magnify *v.* (鏡片、透鏡等) 放大

　　　hack *v.* (以斧頭等) 劈，砍

rant *v.* 大聲喊叫，叫嚷

quaff *v.* 大口喝 (酒)，痛飲，狂飲

crack down *v.* 嚴厲取締，大力掃蕩

vast *adj.* 廣大的，巨大的

large *adj.* 大的

grand *adj.* 雄偉的，崇高的

major *adj.* (數量、程度、價值) 較大的，主要的　　*n.* 主修科目

ample *adj.* 廣大的，寬闊的

fat *adj.* 肥胖的

grave *adj.* 重大的

rapturous *adj.* 狂喜的

gallant *adj.* 英勇的，膽大的

● 4.2　簡介字母 b 的語音與語義之對應性

　　/b/ 在發音語音學上列為雙唇濁塞音 (bilabial voiced stop)。發音時，先緊閉雙唇，氣流完全阻塞，提升軟顎、封閉鼻腔，然後突放雙唇。壓縮在口腔內的氣流突然逸出，進而產生一種振動聲帶的爆破音。

(1)發音時，雙唇緊閉，氣流完全阻塞，因此 /b/ 的本義是「阻礙，阻撓 (hindering or barring)」。

【例】baffle *v.* 阻撓 (計畫、進攻等)　　　　bat *n.* 球棒 (阻撓球之行進)

　　　balk *v.* 妨礙，阻礙　　　　　　　　bung *n.* 桶口之木塞 (塞住桶內物體)

　　　bar *v.* 阻止，阻塞　　　　　　　　barricade *n.* 路障 (封鎖交通)

　　　ban *v.* 禁止　　　　　　　　　　　barrier *n.* 柵欄 (阻礙行進)

　　　prohibit *v.* 禁止　　　　　　　　　bulwark *n.* 防禦物；防波堤

(2)某物若遭遇到阻礙、阻撓，則意味著此物受到「束縛 (fastening or binding)」，因而 /b/ 可引申含有「束縛，綁住，約束」之意。

【例】band *v.* 用帶綁紮　　　　　　　　bolt *n.* 門栓

　　　bind *v.* 束縛　　　　　　　　　　binding *n.* 綑綁；束縛

　　　bandage *n.* 繃帶　　　　　　　　buckle *n.* 扣環

belt *n.* 皮帶　　　　　　　　　　button *n.* 鈕扣

bondage *n.* 束縛

(3)發音時，雙唇緊閉，氣流完全阻塞於口腔內；換言之，將氣流完全包在口腔內，發音者之雙頰因而鼓起，因此 /b/ 具「包圍 (enclosing)，鼓脹」之本義。

【例】㈠「包圍」：

bag *n.* (紙、布、皮等所製的) 袋子，　　bed / berth *n.* 床 (包睡覺的人)
　　　手提袋 [包]　　　　　　　　　body *n.* 身體 (包靈魂)

bark *n.* 樹皮 (包樹)　　　　　　　boot *n.* 靴子 (包腳)

barn *n.* 穀倉 (包穀物)　　　　　　bud *n.* 花蕾 (包花)

barracks *n.* 兵營 (包士兵)　　　　byre *n.* 牛棚 (包牛)

㈡「鼓脹」：

balloon *v.* 鼓起，鼓脹　　　　　belly *v.* 鼓起　　*n.* 腹部

bilge *v.* 膨脹　　　　　　　　　balloon *n.* 氣球 (脹大之物)

bulge *v.* 鼓脹，凸出　　　　　　bulb *n.* 球莖 (脹大之物)

emboss *v.* 使 (花紋、圖案、文字) 凸出　bold *adj.* 大膽的 (脹大膽子的)

(4)把某物包起來其目的便於攜帶、抬運、傳送，因而 /b/ 又可引申為「攜帶，抬運，傳送 (bearing or carrying)」之意。

【例】bear *v.* 攜帶，抬運，運送

boat *n.* 小船，小舟

baggage *n.* 行李 (包旅行用品以便攜帶)

barrow *n.* (用以運貨的) 手推雙輪車，(前後兩人搬運的) 擔架

barge *n.* 駁船，大平底船

bier *n.* (裝放棺木、屍體的) 棺架；屍架

basket *n.* 籃子，簍子

bucket *n.* 水桶，提桶

embargo *n.* 禁止船舶出入港口，禁止通商

(5)發音時先緊閉雙唇，然後突放雙唇並振動聲帶，彷彿雙唇糾纏在一起聲嘶力竭、相互扭打，因此 /b/ 又可引申為「拍打，猛擊 (beating or bumping)」。

【例】 bash *v.* 猛擊　　　　　　　　　beat *v.* (用棍棒等) 敲打

bat *v.* 用球棒打 (球)　　　　　bang *v.* 猛擊，重擊作響

batter *v.* 連續猛擊　　　　　　bump *v.* 碰，撞，猛擊

combat *v.* 格鬥，戰鬥　　　　baton *n.* 警棍

(6)發音時，突放雙唇，壓縮在口腔內的氣流會突然迸發而出，因此 /b/ 具有「驟然向外迸發 (bursting)」之本義。

【例】 bust *v.* 使爆裂，使破產　　　　boil *v.* 燒開，沸騰

burst *v.* 爆裂，脹裂　　　　　bomb *v.* 投彈 (轟炸)

bubble *v.* 起泡，沸騰　　　　burgeon *v.* 萌芽 (破土而出)

ebullient *adj.* 沸騰的，熱情奔放的　　boom *v.* (雷、大砲等) 發出隆隆聲

(7)嬰兒學習語言從咿咿呀呀的牙牙學語 (babbling) 開始，其發音部位就是在雙唇，因此 /b/ 具有「說話口齒不清，胡言亂語」之本義。

【例】 baby *n.* 嬰兒 (ba 是嬰兒最早出現的音之一)

babble *v.* (嬰兒) 牙牙學語

barbarian *n.* 野蠻人 (希臘人覺得非希臘語都是 bar-bar 叫的蠻夷之語)

The Tower of Babel 巴貝耳塔 (Babel 之本義就是混亂 'confusion')

baloney *n.* 胡扯

balderdash *n.* 胡言亂語

bunkum *n.* 胡說

jabber *v.* 急促含糊地說

4.2.1　簡介輔音群 bl- 的語音與語義之對應性

bl- 是由雙唇濁塞音 (bilabial voiced stop) /b/ 與邊音 (lateral) /l/ 組合而成，其中 /l/ 只是用於增強 /b/ 之語音表義功能，所以 bl- 的語音與語義之對應性與字母 b 類似。

(1)表「阻礙，阻撓」。

【例】 block *v.* 堵塞 (道路等)，阻擋 (進展、計畫等)

bluff *v.* (為使行動受阻) 嚇唬 (人)

blockade *v.* 封鎖 (港口等)

blunder *v.* 犯大錯

blanket *v.* 以毯覆蓋；掩蓋 (醜聞等)

blight *v.* (植物) 枯萎；使 (希望、努力等) 挫折

blind *adj.* 盲目的；(小路等) 走不通的

blusterous *adj.* 咆哮的；恫嚇的

(2)表「鼓起；膨脹；起泡」。

【例】blow *v.* 吹脹 (愈吹愈大)

bloat *v.* 使膨脹

blubber *adj.* (眼、臉) 腫大的

blouse *n.* (寬大的) 工作服

blister *n.* (皮膚上的) 膿疱，水泡

bladder *n.* 膀胱 (因存尿液而鼓脹)

blob *n.* 一小圓塊 (如蠟等)，(墨水等的) 斑點

blain *n.* 膿疱，水泡

bleb *n.* 疱疹

blotch *n.* (皮膚上的) 紅斑，膿腫

(3)表「迸發，爆破」(如光、電、聲、風雪、花等向外發散)。

【例】blat *v.* 不加思索地說

blast *v.* 爆破

blare *v.* (擴音器等) 發出響聲

blaze *v.* (燃燒般地) 發光

blinker *n.* 閃光信號燈

blitz *n.* 閃電式襲擊

bloom *v.* 開花 (花蕾向外迸發)

blossom *v.* (果樹) 開花

blurt *v.* (不加思索地) 脫口而出

blizzard *n.* 大風雪

(4)表「說話口齒不清，胡言亂語」。

【例】blab *v.* 胡扯

bluster *v.* 咆哮地說

blether / blather *v.* 胡言亂語

blatter *v.* 嘮叨

blither *v.* 胡扯

blah *n.* 胡說，瞎說

blasphemy *n.* 褻瀆神祇的話

blur *n.* 模糊不清的聲音

blurb *n.* (書籍封面、書套上的) 誇大的內容介紹詞

◗ 4.2.2 簡介輔音群 br- 的語音與語義之對應性

br- 是由雙唇濁塞音 /b/ 與齒齦捲舌音 (retroflex) /r/ 組合而成，但發 r 音，舌頭有點捲曲，其費力的程度強過 l，因而牽動的肌肉較多，所發出之音在語感上帶有「粗拙，粗硬，粗野，粗率」之意味。

⑴本義表「粗拙，粗硬，粗野，粗率」。

【例】 brave v.《古》吹噓　　adj. 勇敢的　　bristle n. (豬等的) 粗鬃毛

bravado n. 虛張聲勢　　bristly adj. 有硬毛的

brag v. 吹噓，自誇　　bray v. 發出驢叫似的刺耳聲音

brawl n. (喧鬧的) 爭吵　　brusque adj. (語言、態度) 粗魯的

broil n. 爭吵　　brutal adj. 野獸般的，粗魯的

　　brash adj. 粗率的，鹵莽無禮的

⑵bl- 可表「鼓起，膨脹，起泡，迸發，爆破 (expanding, swelling, bursting-out)」之意，而 br- 也可以表同樣的意思，但在發音動作上，發 r 音比發 l 音費力甚多 (much more vigor)，所用之力足以讓鼓起或膨脹之物彎曲甚至斷裂、碎裂或分岔，因此 br- 引申含有「彎曲 (成弧形)，斷裂，碎裂，分岔」之意。

【例】 ㈠憑藉熱力或發酵使某物「鼓起；膨脹；起泡」：

brew v. (以煮沸、沖泡等方法) 調製 (飲料)；(大麥、麥芽等) 發酵釀成酒

bread n. (用發酵粉製成的) 麵包

broth n. (肉、魚的) 原汁清湯

breed v. 產 (仔)，孵 (卵)

brood n. 一窩所孵的幼雛；卵生動物的一窩

㈡「彎曲 (成弧形)；斷裂，碎裂；分岔」：

bridge n. 橋樑 (彎曲成弧形)　　brake v. 剎車 (中斷行駛)

braids n. 髮辮，辮子　　branch v. 分枝，分岔 (分裂的結果)

bra n. 胸罩　　break v. 破裂，折斷

breast n. 乳房，(人的) 胸部　　bray v. 砸碎

brace n. 大括弧　　brittle adj. 易碎的

breve n.《語音》短音符號 (˘)　　brash adj. (木料) 易斷的

debris n. (破壞物的) 碎片　　breach n. 裂口

brows n. 眉毛　　brackets n. 括弧

bruise n. (人體摔傷、碰撞引起的)　　broach n. 烤肉用的叉子

　　　　青腫，瘀青；(水果等的) 碰傷　　　　v. 鑽孔開啟 (瓶、桶、罐等)

⑶ 在發音動作上，l 音是最不費力氣的 (effortless)，因此其音質具有「輕輕的、鬆鬆的、易滑動的」特性。但發 r 音時，其費力的程度 (the degree of vigor) 強過 l 音。如此強有力的動作通常暗示著「規律、穩重、沉著、不輕浮、不叫囂」，因此 br- 所表的「鼓起，膨脹，迸發，爆破」之意比 bl- 所表達的較有規律，所以穩定性較高，並非只是突然大聲迸發或膨脹。例如，breathe 其呼吸的動作象徵肺部的舒展 (expansion) 是靜悄悄的、有規律的。再舉 brain (腦部)、brow (額頭)、breast (胸部) 為例，其擴張與鼓起的速度也都是緩慢、漸進而有規律的。試以其他例子作比較：

> blizzard *n.* 大風雪；《喻》突來的大侵襲
>
> blast *n.* 一陣突然的暴風
>
> breeze *n.* 微風，和風

● **4.3　簡介字母 c 的語音與語義之對應性**

　　/c/ 若發 [k] 音，在發音語音學上列為無聲軟顎塞音 (voiceless velar stop)，又稱「硬 c」(hard c)。⑧ 發音的方式是舌後往上抬，向軟顎靠攏，讓氣流受阻塞，待阻絕除去後才陡然釋出。由於發音部位靠近喉嚨，其後接後元音字母 a、o 或 u，常與喉嚨發聲的動作有關。例如，咳嗽 (清喉嚨)(coughing)、母雞生蛋後咯咯啼叫聲 (the cackling of hens)、烏鴉嘎嘎地叫 (the cawing of crows)、鴿子咕咕地叫 (the cooing of doves) 等。

⑴ 本義為「喉嚨發聲的動作」。

> 【例】cough *v.* 咳，咳嗽　　　　　　call *v.* 大聲叫喊，呼叫
>
> 　　　cackle *v.* (母雞) 咯咯啼叫　　　cuckoo *n.* 布穀鳥的咕咕聲

---

⑧　「硬 c」的發音部位軟顎距離前元音太遠，不易組合在一起。若在一起，必會受緊鄰前元音的影響，此時 [k] 只能移向硬顎。移前的結果，就會發生顎化 (palatalization) 現象。這說明了古英文的 cild / kɪld /；cin /kɪn/ 因音變而成為現代英文的 child /tʃaɪld/ 和 chin /tʃɪn/，即 c → ch / __ $\left\{ {e \atop i} \right\}$。因此，現代英語的字彙裡若發現字首的拼法仍舊是 ce 或 ci，其字源應是外來語。但有一個字例外，即本土字 cinder (煤炭等的灰燼，渣滓)，古英語的拼法是 sinder，而現代的拼法是受古法語 cendre ‘ash’ 的影響。此外，/c/ 之後若接前元音字母 e、i、或 y，則 /c/ 須發 [s] 音，又稱「軟 c」(soft c)。例如：

　　c + e: cell, center

　　c + i: city, circle

　　c + y: cycle, policy

　　caw *v.* (烏鴉) 嘎嘎地叫　　　　　　　coo *v.* (鴿子) 咕咕地叫

(2) [k] 音很像剪刀裁剪東西時的「喀喀聲」，因此可引申為「剪下，切下，分割」。

　　【例】cut *v.* 剪下，切開

　　　　　carve *v.* (在餐桌上) 將 (肉等) 切開

　　　　　coupon *n.* (廣告上的) 購物優待券 (剪下來才能使用)

　　　　　　　　　(源自法語動詞 couper 'to cut')

　　　　　coup *n.* 突然有效的一擊

　　　　　comma *n.* 逗點 (其用法之一就是分割一系列的單字、片語或子句)

　　　　　　　　　(源自希臘語，原義為 'piece cut off')

● 4.3.1　簡介輔音群 cl- 的語音與語義之對應性

　　cl- 是由軟顎清塞音 (voiceless velar stop) /k/ 與邊音 (lateral) /l/ 組合而成，唸起來很像兩堅硬物體或金屬撞擊時所發出的「喀嗒喀嗒」聲，因此本義為「兩物相撞擊所發出的聲音」。

(1)本義表「兩堅硬物體或金屬撞擊聲」。

　　【例】clack *v.* (碰撞堅硬物) 發出嗶叭聲

　　　　　clank *v.* (鏈條等) 鏗鏘作響

　　　　　clap *v.* 輕拍 (使發出嗶啪聲)

　　　　　clash *n.* (刀劍等金屬的) 碰撞聲，撞擊聲

　　　　　clip-clop *n.* (馬蹄聲) 卡嗒卡嗒聲

　　　　　clangor *n.* (鐘、金屬) 連續的叮噹聲

　　　　　click *n.* (扣扳機或門上鎖時的) 喀嗒聲

　　　　　clock *n.* 時鐘 (報時時會發出叮噹聲)

　　　　　clapper *n.* 鐘 [鈴] 之舌，拍板 [響板]

　　　　　clink *n.* (金屬片、玻璃等相碰所發的) 叮噹聲

(2)兩堅硬物體相碰撞所發的嗶啪、喀嗒、鏗鏘、叮噹、嘎嘎聲等，亦可視為嘈雜、喧嚷、煩囂聲。因此可衍生出「嘈雜、喧嚷、煩囂」之引申義。

　　【例】clatter *n.* (硬物相撞擊所發出的) 嗶啪聲；嘈雜的笑鬧聲，喧嚷的閒聊

　　　　　clamor *n.* 吵鬧聲；(群眾憤怒的) 叫囂，呼喊聲

clamorous *adj.* 吵鬧的，喧嚷的

cloudburst *n.* 豪雨，驟雨 (下大雨時會夾帶嘈雜聲)

clutter *n.* 嘈雜的聲音，大聲的喧嚷，吵鬧聲

exclaim *v.* (因喜悅、驚訝、憤怒、痛苦等而) 高聲叫喊

⑶由於硬 c 的發音方式是舌後往上抬，向軟顎靠攏，現與 l 音組合成 cl-，唸起來彷彿舌後去撞擊軟顎，感覺二者之接觸更為緊密 (close-knit)，因而引申為「緊緊結合」之意。

【例】clip *v.* (用夾子) 夾緊　*n.* 紙夾　　　clog *v.* 使 (管道等) 阻塞，受阻

clasp *v.* 握 [抱] 緊　　　　　　　　　clutch *v.* 握緊，抓住 [抱住]

cleave *v.* 牢牢地黏住　　　　　　　　cloy *v.* (吃或玩得過多而) 生膩

clench *v.* 咬緊 (牙關)，握緊 (拳頭)　　climb *v.* 攀爬 (懸崖、峭壁)

cling *v.* 抓緊；黏著　　　　　　　　　　　　(手腳需緊附著表面)

clinch *v.* (敲彎釘頭) 使釘牢；　　　　clamber *v.* (艱難地) 攀登

　　　　　(情人) 緊抱　　　　　　　clay *n.* (製磚瓦等用的) 黏土

clad *adj.* 穿…衣服的　　　　　　　　claw *n.* (鳥、獸、昆蟲等的) 爪；

clothes *n.* 衣服 (緊緊附在穿者身上)　　　　　(螃蟹等的) 螯

clam *n.* 蛤，蚌 (雙殼緊閉)

⑷任何人或物緊緊結合在一起，久而久之會凝結成「一團，一塊，一串，一叢，一群，一派，一族等」(引申義)。

【例】cloud *n.* 雲 (水氣凝聚而成)　　　　clutch *n.* 一窩雛雞

clod *n.* (泥土、黏土的) 塊　　　　　club *n.* 社團

clot *n.* (血等的) 凝塊　　　　　　　clique *n.* (共同利害而結合的) 派系，

clump *n.* 樹叢　　　　　　　　　　　　　　小集團

cluster *n.* (葡萄等的) 串　　　　　　clan *n.* 大家族，宗族

class *n.* 班級　　　　　　　　　　　cloister *n.* 修道院

● 4.3.2　簡介輔音群 cr- 的語音與語義之對應性

　　cl- 表示兩堅硬物體或金屬撞擊時所發生的「喀嗒喀嗒」聲，但 r 的發音較 l 費力，cr- 的撞擊力也會比 cl- 大、比 cl- 來得強，因此 cr- 的本義為「大力撞擊」。

⑴本義表「大力撞擊 (violent percussion)」。

【比較】 clash *n.* (刀劍等金屬的) 撞擊聲,鏗鏘聲

crash *n.* (東西墜落、猛撞的) 琅璫聲,嘩啦聲;(飛機的) 墜毀

clack *n.* (碰撞堅硬物所發生的) 噼啪聲

crack *n.* 猛力的一擊,噼啪重擊

clam *v.* 拾蛤,撈蛤

cram *v.* 填塞;(為考試而) 惡補

⑵某物遭受到大力撞擊可能會有破裂、破碎、分離、起皺、捲曲等現象,因此 cr- 可引申出「破裂,破碎,分離;起皺,捲曲」之意。

【例】 decrepit *adj.* (建築物等) 破舊的,年久失修的

crack *v.* 破裂;弄碎　　*n.* 裂縫,裂痕

crunch *v.* 踩碎 [碾碎],使發碎裂聲

crumble *v.* 弄碎,碎成細屑

crush *v.* 壓碎,壓破

crevice *n.* (岩石等的) 裂縫

cranny *n.* (岩壁、牆等) 裂縫,小孔隙

discrete *adj.* 分離的,不連續的

discriminate *v.* 歧視,差別對待

excrete *v.* 《生理》排泄,分泌

crease *v.* 使起摺痕;起皺　　*n.* (衣服、紙等的) 摺痕,皺摺

crocket *n.* 鉤針編織物　　*v.* 用鉤針編織

crumple *v.* 使 (紙、布等) 弄皺,起皺　　*n.* 摺皺,皺紋

crinkle *v.* 使變皺;使捲曲　　*n.* (布、紙等的) 皺紋

crisp *adj.* (毛髮) 捲曲的,有皺紋的

crape *n.* (黑縐綢) 喪章,黑紗

crawl *v.* (毛蟲、蛇等) 爬行;(人彎曲身體) 匍匐而行

cricket *n.* 板球 (昔日用曲棒擊球)

crank *n.* 曲柄　　*v.* 使彎成曲柄形狀

crimp *v.* 使 (毛髮等) 捲曲;使 (布等) 摺皺

crook *v.* 使彎曲成鉤狀　　*n.* (牧羊人等的) 曲柄杖

⑶ cl- 引申義為「緊緊結合在一起」，但因為 cr- 的力道比 cl- 強，所以可衍生出「更加緊縮在一起 (more tightly packed)」之意。

【例】cramp *n.* (肌肉緊縮在一起造成) 抽筋，痙攣

crick *n.* (頸或背部肌肉的) 痙攣

craven *adj.* 懦弱的，膽小的 (膽小者經常畏縮在一起)

cringe *v.* (因恐懼等而) 畏縮，退縮

crowd *n.* 群眾，人群 (人與人之間緊縮聚集在一起自然成群)

crew *n.* (船或飛機上) 一群共同工作的人員

crabbed *adj.* (字跡) 潦草難讀的，難辨認的 (因筆劃緊縮在一起)

● 4.4　簡介字母 d 的語音與語義之對應性

　　/d/ 在發音語音學上列為濁聲齒齦塞音 (voiced alveolar stop)。發音的方式是雙唇微開，舌尖向上，抵住上齒齦而閉住氣流，當舌頭離開齒齦時，閉住的氣流突然由口腔逸出，顫動聲帶，進而產生一種爆發音。

⑴舌尖上升，抵住上齒齦，此時氣流進入口腔後受舌尖和上齒齦的阻塞而停滯，故本義可表「阻塞 (obstruction)；抵擋，抵抗 (resistance)」。

【例】deter *v.* 阻止，防止

debar *v.* 阻止，禁止 (某人)

dash *v.* 使 (希望等) 破滅，使受挫

dampen *v.* 使挫折，使沮喪

deny *v.* 拒絕，否定

dam *v.* (以水壩) 攔住；
　　　　抑制 (感情、眼淚等)

dike *n.* 堤防，屏障，障礙物

dyspepsia *n.* 消化不良

defy *v.* 公然反抗

defiant *adj.* 反抗的，挑戰的

fend *v.* 抵擋

fender *n.* (汽車等的) 擋泥板

dashboard *n.* (馬車、雪車的) 擋泥板

deadlock *n.* 僵局，完全停頓

dagger *n.* 短劍；匕首 (抵抗之武器)

dirk *n.* (昔日蘇格蘭高地人用作武器的) 短刀

dart *n.* (飛鏢遊戲的) 飛鏢箭

⑵發 d 音時舌尖必須上升抵住上齒齦，並且振動聲帶，此動作猶如兩物相撞，而撞擊結果會產生凹陷，因此可引申具有「凹陷」之意。

【例】dent *n.* 凹痕，缺口

den *n.* 獸穴

dint *n.* (擊成的) 凹痕   dimple *n.* 酒窩

ditch *n.* 排水溝   dugout *n.* 防空洞

dell *n.* (山間的) 小谷   depression *n.* 窪地，坑

dale *n.* 山谷

(3)發 d 音時要等到舌尖離開上齒齦才能使氣流破除阻礙自口腔流出。這整個破阻的發音過程需耗費力氣，因此可引申為「需費力的動作或過程」。

【例】 dash *v.* 猛擊，急奔   dive *v.* (鳥、飛機) 俯衝；急忙衝進

        dart *v.* (飛鏢似地) 飛奔；   duel *v.* 決鬥

               投擲 (標槍、飛鏢等)   difficult *adj.* 費力的，困難的

        delve *v.*《古》挖掘；鑽研   arduous *adj.* (工作) 艱鉅的，費力的

        dibble *v.* (在地面上) 挖洞種植   ordeal *n.* 嚴酷的考驗

        dig *v.* 挖掘 (穴洞等)   doze *v.* (做完費力的動作後) 打盹

        dump *v.* 猛然扔下 (行李等)；

               傾倒 (垃圾等)

(4)在遭遇到抵擋、挫折、困難或需要費心、費力的動作時，唯具有勇氣、膽識、決心、耐力的人才敢決一生死，不成功便成仁 (do or die)。因此，也可引申具有「勇氣，膽識，決心，耐力」之意。反之，也具有「氣餒，沮喪」之意。

【例】(甲)「勇氣，膽識，決心，耐力」：

        daring *adj.* 勇敢的，大膽的   durable *adj.* 耐久的，持久的

        doughty *adj.* 勇敢的，大膽的   endure *v.* 持續，忍耐

        dauntless *adj.* 勇敢的   determined *adj.* 已下決心的

        dynamic *adj.* 精力充沛   decisive *adj.* 決定的

        dashing *adj.* 衝勁十足的   dour *adj.* 執拗的

        dogged *adj.* 執著的，不屈的

(乙)「氣餒，沮喪」：

        daunt *v.* 使氣餒，恐嚇   dejected *adj.* 沮喪的

        dumps *n.* 垂頭喪氣   dire *adj.* 悲慘的

        doldrums *n.* 意志消沉   deadpan *adj.* 面無表情的

dolor *n.* 憂傷，悲痛

◑ 4.4.1　簡介輔音群 dr- 的語音與語義之對應性

　　dr- 是由齒齦濁塞音 /d/ 與齒齦捲舌音 /r/ 組合而成，唸起來在語感上猶如雨水滴下之滴滴答答聲 (drip-drop)。

(1)本義表「與水有關的動作或事物」。

【例】drip *v.* 滴下　　　　　　　　drop *n.* 水滴　　*v.* (水滴) 滴落

　　　dribble *v.* (液體) 一滴滴地落下　droplet *n.* 小滴

　　　drivel *v.* 流口水　　　　　　drought *n.* 旱災

　　　drench *v.* 使浸透　　　　　　drip-dry *v.* 滴乾

　　　dregs *n.* (在飲料底部的) 渣滓　drip-drop *n.* 雨滴，滴滴答答

　　　drink *v.* 喝，飲　　　　　　drizzle *n.* 濛濛細雨　　*v.* 下毛毛雨

　　　drown *v.* 淹死　　　　　　　dross *n.* (熔解金屬的) 渣滓

　　　drain *v.* (水等液體) 流出

　　　drift *v.* 漂流

(2)發 r 音時，舌頭有點捲曲，其費力之程度強過 d，因此與 d 組合，更強化了 d 表「費力動作或過程」，如「拖，拉，驅，打，挖」等。

【例】draw *v.* 拖拉，拉上　　　　drub *v.* (用棒等) 打

　　　drag *v.* 拖曳　　　　　　　dredge *v.* 挖掘 (泥土等)；撈取

　　　draggle *v.* (拖曳而) 拖髒　　drudge *v.* 做苦工

　　　drill *v.* (用鑽孔機等) 打 (洞)　drudgery *n.* 苦工

　　　drive *v.* 驅趕 (牛、馬等)　　drastic *adj.* 猛烈的；(藥劑) 烈性的

　　　draft *v.* 打草圖　　　　　　dramatic *adj.* 重大的，戲劇性的

　　　drum *v.* 打鼓

(3)做任何費力動作，動作難免遲緩、呆滯、缺乏活力，因此可引申為「遲緩，呆滯，無活力」。

【例】drawl *v.* 慢吞吞地說　　　　drowsy *adj.* 呆滯的，昏昏欲睡的

　　　drowse *v.* 發呆，打盹　　　dry *adj.* 枯燥無味的

　　　dream *v.* 恍惚，幻想　　　　drab *adj.* 單調的

drone *v.* 用單調低沉的聲音說 [唱]　　dreary *adj.* 沉悶的，無趣的

droop *v.* (意志) 消沉

◖4.4.2　簡介輔音群 dw- 的語音與語義之對應性

dw- 是由展唇齒齦濁塞音 /d/ 與圓唇滑音 /w/ 組合而成，在唸 [dw] 音時唇形會由展唇 (unroundedness) 漸漸縮小趨向圓唇 (roundedness)，因此本義為「漸漸縮小 (a sense of diminution)」。

【例】dwarf *n.* 小矮人　　　　　　　dwelling *n.* 住宅，寓所 (一向居無定

dwindle *v.* 逐漸變小，遞減　　　　　　　　　所、四海為家的人一旦有

dwell *v.* 居住　　　　　　　　　　　　　　　了住宅，活動的範圍就縮

　　　　　　　　　　　　　　　　　　　　　　小了)

●　4.5　簡介字母 e 的語音與語義之對應性

/e/ 在發音語音學上列為中前元音 (mid front vowel)。因舌位的高低會影響口腔空間的大小與音的響度 (sonority)，在發 [e] 時，隨著舌位上升，口腔的空間會逐漸縮小；相較之下，/ɑ/ 的口腔張開得較 /e/ 來得大，口腔空間大的比小的來得響，因此若 /ɑ/ 的本義表「大、重、粗」，則 /e/ 本義表「小、輕、細」之意。

【例】spend *v.* 花 (錢)　　　　　　　islet *n.* 小島

petty *adj.* 小的，瑣碎的　　　　test *n.* (小型的) 測驗

petite *adj.* (女人) 嬌小的　　　　pebble *n.* 小卵石

slender *adj.* (柱子等) 細長的；　　penny *n.* 便士 (英國的貨幣單位)

　　　　　(收入等) 微薄的；　　levity *n.* 輕浮，輕率

　　　　　(希望等) 渺茫的　　　ebb *n.* 退潮

ethereal *adj.* 輕的，微妙的　　　eddy *n.* 漩渦

penny-wise *adj.* 省小錢的，小氣的　sled *n.* 小型雪車

tenuous *adj.* 細的，薄的　　　　penury *n.* 貧窮；缺乏

●　4.6　簡介字母 f 的語音與語義之對應性

/f/ 在發音語音學上列為唇齒清擦音 (voiceless labio-dental fricative)。發 [f] 時，下唇向上移，其內緣輕觸上齒尖。因軟顎提升，通往鼻腔的通道關閉，大量的氣流全部進入

口腔後，從上齒下唇中間的縫隙間摩擦逸出，造成類似「呼呼」的風吹聲，因吐氣很強，所消耗的氣息 (breath) 比別的子音多，但響度卻很低，可稱之為徒勞無功的虛音。

⑴本義表「徒勞無功 (wasted or misdirected effort)」。

【例】fall *v.* (政府等) 垮臺；
(城市等) 陷落

　　　fumble *v.* 笨拙地弄；
(棒球等) 漏接 (球)

　　　foozle *v.* 笨拙地做

　　　footle *v.* 虛擲 (光陰)

　　　failure *n.* 失敗，不成功

　　　fiasco *n.* (計畫等的) 大失敗

　　　fizzle *v.* (計畫等) 結果失敗了

　　　futile *adj.* 徒勞的

　　　futility *n.* 徒勞無功

⑵本義表「造成徒勞無功的原因」，如疲倦、心虛、心慌、虛弱、偽造、造假、糊塗、愚笨、犯錯等。

【例】fatigue *n.* (身心的) 疲乏

　　　fag *v.* 使疲勞

　　　faint *adj.* 無力的，懦弱的

　　　feeble *adj.* (身體) 虛弱的

　　　foible *n.* 弱點

　　　fade *v.* (人) 憔悴，衰弱；
(花草) 凋謝；
(色、光、聲) 減退

　　　fidget *v.* (因心虛) 坐立不安

　　　fuss *v.* 使焦慮不安

　　　fictitious *adj.* 虛構的，假的

　　　fictional *adj.* 虛構的；小說的

　　　figment *n.* 虛構的事

　　　false *adj.* 虛假的

　　　falsify *v.* 竄改 (文件等)

　　　fantasy *n.* 幻想，白日夢

　　　fantastic *adj.* 不切實際的；空想的

　　　fanciful *adj.* 富於幻想的；

　　　forgery *n.* 偽造文書；偽造物

　　　fabricate *v.* 虛構；偽造 (文書)

　　　foist *v.* 以 (假貨等) 矇騙；騙售

　　　fake *v.* 偽造；捏造 (謊言等)
n. 偽造物；贋品

　　　fuddle *v.* 使迷糊

　　　infatuate *v.* 使糊塗

　　　feint *v.* 佯攻，佯擊

　　　fiddle *v.* (在數字、帳簿等) 作假

　　　feign *v.* 假裝

　　　fawn *v.* 奉承，巴結

　　　faulty *adj.* 有缺點的；有錯誤的

　　　fatuous *adj.* 愚笨的，愚昧的

　　　fatuity *n.* 愚蠢

　　　folly *n.* 愚蠢，愚笨

　　　foolish *adj.* 愚蠢的

　　　foolhardy *adj.* 有勇無謀的

　　　fallacy *n.* 謬誤

異想天開的 | fallacious *adj.* 謬誤的

faze *v.* 使 (心) 慌亂 | fallible *adj.* 可能犯錯的

⑶氣流從上齒下唇中間的縫隙摩擦逸出，因摩擦而產生熱，因此具有「熱」之引申義。

【例】fad *n.* 流行一時的狂熱　　febrile *adj.* 發燒引起的

fan *n.* 熱心的愛好者　　fire *n.* 火，火焰

fanatic *n.* (主義、宗教等的) 狂熱者　　fiery *adj.* 火的，燃燒的

fanaticism *n.* 狂熱，盲信　　foment *v.* 熱敷 (患部)

fervor *n.* 熱心，熱情　　forge *n.* 熔爐，冶鍊爐

fervent *adj.* 熱心的，熱烈的　　fuse *v.* (金屬等因熱) 熔化，熔合

fever *n.* 發燒，發熱　　furious *adj.* 熱烈興奮的

◗ 4.6.1　簡介輔音群 fl- 的語音與語義之對應性

　　fl- 是由唇齒清擦音 /f/ 與邊音 /l/ 組合而成，其中表鬆弛、不穩定的 /l/ 只是用於增強 /f/ 近似的「呼呼」的風吹聲，產生流動的效果，有如燭光、火焰般搖曳不定。

⑴本義為「搖曳不定的動作 (wavering motion)」，好比空中的飛行、陸上的跳動、海上的漂流等。

【例】fly *v.* 飛　　flop *v.* (似魚般的) 活蹦亂跳

flit *v.* (蝙蝠、鳥等) 輕快地飛　　fledge *v.* (雛鳥) 長羽毛

flicker *v.* (火焰、燭光等) 搖曳不定　　float *v.* 漂浮，漂流

flutter *v.* (花、葉等) 飄動　　flow *v.* 流；流動

flip *v.* (以指尖) 輕彈　　flush *v.* 沖洗，沖刷

flare *v.* (火焰) 搖曳　　fluctuate *v.* (物價、匯率) 波動

flap *v.* (旗子、帆、窗簾等) 隨風飄揚；

　　　　(鳥) 振翅飛翔

⑵由於失敗、徒勞無功是由不穩定因素所造成，因此引申有「不穩定的狀態 (instability)」之意，如慌張、煩躁、驚愕、脆弱、輕浮等。

【例】flutter *v.* 使心亂煩躁　　flummox *v.* 使慌亂失措；挫敗

fluster *v.* 使慌亂　　flag *v.* (氣力等) 衰退；減退

flounder *v.* (說話、行動等) 倉皇失措　　flinch *v.* 畏縮；退縮

flounce v. 亂跳；急轉　　　　flirt v. (和異性) 打情罵俏

flabbergast v. 使大吃一驚；嚇破膽　　flop v. (出版、表演等) 失敗

flurry v. 使慌張；使困惑　　　flff v. 讀錯 (臺詞、廣播內容等)

本義也可適用於下列的形容詞：

flabby adj. (肌肉) 鬆弛的；無力的　　flaky adj. 薄片狀的；(塗料) 易剝落的

flaccid adj. (肌肉) 鬆弛的；　　flighty adj. (尤指女子) 輕浮的；
　　　　　　(精神) 衰弱的　　　　　　　　　見異思遷的

flimsy adj. 輕而薄的；脆弱的　　flippant adj. 輕率的

◑ 4.6.2　簡介輔音群 fr- 的語音與語義之對應性

　　fr- 是由唇齒清擦音 /f/ 與齒齦捲舌音 /r/ 組合而成。發 r 音時，舌頭會有點捲曲，其費力的程度強過 l 音，因此 r 與 f 的組合增強了 f 的摩擦度。

⑴本義表「摩擦」。

　　【例】fray v. 磨破；磨細 (布、繩索等)　　friction n. 摩擦，衝突

　　　　　fret v. 使磨損；擦傷 (皮膚)　　　　fricative n. 摩擦音

　　　　　frazzle v. 磨損，磨破

⑵發 [f] 音時吐氣很強，而發 [r] 音時舌頭會有點捲曲，二者結合在一起，發音時需要費點力氣，因此本義為「需要費點力氣的人、物或動作」。

　　【例】friend n. 朋友 (患難時要出錢出力)

　　　　　defrost v. 使 (冷凍的魚肉等) 解凍 (其解凍的程度視大自然費力的程度而定)

　　　　　freeze v. 凍結

　　　　　frigid adj. 嚴寒的

　　　　　froward adj. 固執的 (擇善而從之，需要毅力)

　　　　　frank adj. 坦白的，直言不諱的 (不容易，需要道德勇氣)

　　　　　frisk v. 跳躍，雀躍

　　　　　freight n. 貨物運送 (需花費很多力氣)

　　　　　frog n. 青蛙 (跳躍時後腿要強有力)

⑶發 r 音比發 l 音費力甚多，所用之力足以讓摩擦之物曲皺甚至碎裂、破裂。從抽象的

人際關係面來看，人與人之間摩擦的結果會導致失和、生氣、受驚；嚴重者甚至吵鬧、打架、情緒瘋狂，因此 fr- 引申含有「曲皺，碎裂；打鬧，易怒，驚嚇，瘋狂」之意味。

【例】㈠「曲皺，碎裂」：

frizzle v. 使 (毛髮等) 鬈曲　　　　froth n. (啤酒等的) 泡沫

frown v. 皺眉頭　　　　　　　　　fracture n. 裂縫，裂口

frowzy adj. (人、服裝等) 邋遢的　　fragile adj. 易碎的

fraction n. 片斷，(數學) 分數　　　friable adj. (岩石、泥土等) 易粉碎的

fragment n. 碎片，破片

frailty n. 脆弱易碎 (Frailty, thy name is woman. 弱者，你的名字是女人。)

㈡「打鬧，易怒，驚嚇，瘋狂」：

fractious adj. (人) 易怒的；(動物) 難駕馭的

fracas n. 打鬧，吵鬧

fray n. 爭吵

affray n. (在公共場所的) 打架

afraid adj. 害怕的 (中古英文之意為「受驚嚇的」，其形 affrayed 逐漸演變成
　　　　現在的拼法)

frighten v. 驚嚇

fret v. 使苦惱；焦慮不安

frantic adj. (痛苦、生氣等) 狂亂的

frenzy n. 瘋狂，狂亂

frenetic adj. 發狂似的

● 4.7　簡介字母 g 的語音與語義之對應性

/g/ 在發音語音學上列為軟顎濁塞音 (voiced velar stop)。發音的方式是嘴巴張大，舌根往上抬，向軟顎靠攏成阻，閉住氣流。因聲門張開，振動聲帶，當舌根離開軟顎破阻後，氣流會突然衝出形成舌根音 [g]。由於發音部位靠近喉嚨，其後接元音字母 a、o 或 u，因此常與喉嚨發聲的動作有關。

⑴發 [g] 音時，嘴巴張得比一般輔音大，因此本義為「任何張大嘴巴的動作」，而大嘴巴

的人經常被暗喻為「饒舌、喋喋不休的人」。

【例】 gape v. 張口結舌　　　　　　　　garrulous adj. 愛說話的，多嘴的

　　　 gasp v. 喘息，喘著氣說　　　　　gossip n. 閒話；愛說閒話的人

　　　 gibber v. 嘰哩咕嚕地說

⑵由於發音的部位靠近喉嚨，[g] 最具有喉音 (guttural sound) 的特色，因此本義為「似喉音的擬聲字」。

【例】 gabble v. (鵝等) 嘎嘎叫　　　　　gurgle v. (嬰兒等) 喉嚨發出咯咯聲

　　　 gobble v. (火雞) 咯咯地叫　　　　giggle v. 咯咯地傻笑

　　　 gibber v. (猴子等) 嘰嘰喳喳地叫

⑶一個人若經常張嘴，顯示出他是個智弱的愚者，易受他人欺騙或愚弄，因此引申義為「受騙或被愚弄」。

【例】 gawk n. 笨人，呆子　　　　　　　gull v. 欺騙　　n. 易受騙的人

　　　 gudgeon n. 易受騙的人　　　　　　gullible adj. 易受騙的

　　　 guile n. 欺詐，狡猾　　　　　　　beguile v. 誘騙，騙取

⑷引申義為「狀似喉嚨之物」，如峽谷、食道等。

【例】 gorge n. 峽谷；咽喉　　　　　　　gullet n. 食道；咽喉

　　　 gulch n. (尤指美國西部的) 峽谷　　gulf n. 海灣；深淵

　　　 gully n. (乾涸的) 小峽谷　　　　　gutter n. (街道旁的) 排水溝

　　　 gap n. (山間的) 窄徑；峽谷

⑸狼吞虎嚥者彷彿能把食物直接塞入喉嚨，而不是慢慢細嚼，因此另一引申義為「暴飲暴食、狼吞虎嚥者 (hasty swallowers)」。

【例】 gourmand n. 嗜食者　　　　　　　gulp v. 吞食；吞飲；狼吞虎嚥

　　　 gourmandize v. 暴食　　　　　　　guzzle v. 暴飲；暴食

　　　 gobble v. 狼吞虎嚥　　　　　　　guttle v. 狼吞虎嚥地吃

● 4.7.1　簡介輔音群 gl- 的語音與語義之對應性

　　gl- 是由軟顎濁塞音 /g/ 與邊音 /l/ 組合而成。l 音是所有輔音中最輕的音，其後又不可接任何輔音，只好由前面的 g 音來增強 l 音的輕鬆性 (light-hearted)。

(1)本義表「心情輕鬆、愉快 (a light, joyous mood)」。人在心情輕鬆時，會情不自禁地哼出 "la, la, la"。

【例】 glad *adj.* [9] 歡喜的，高興的　　　　glee *n.* 歡欣，高興

(2)大自然要呈現出輕鬆、愉快的面貌，就必須要有光，有了陽光普照大地，萬物便能欣欣向榮，生氣蓬勃，因此引申有「發光，照耀 (light, shine)」之意味。

【例】 glint *v.* 閃閃發光　　　　glare *v.* (太陽等) 發刺目的強光

glisten *v.* (濕潤的東西) 閃閃發亮　　　glimmer *v.* 發微光

glitter *v.* (珠寶、星辰等) 閃閃發光　　　glow *v.* 發白熱光

gleam *v.* 發出微光　　　　gloss *n.* (表面的) 光澤

(3)有了光線，就可以做「看」的動作，因此另一引申義為「看，瞥，凝視 (looking at, sight)」。

【例】 glance *v.* 一瞥　　　　gloat *v.* 幸災樂禍地看

glimpse *v.* 瞥見　　　　glower *v.* 怒視

glare *v.* 怒視

● 4.7.2　簡介輔音群 gr- 的語音與語義之對應性

　　gr- 是由軟顎濁塞音 /g/ 與齒齦捲舌音 /r/ 組合而成。發 r 音時，舌頭有點捲曲，費力較大，因為其後不接任何輔音，只好由前面的 g 音來增強 r 音的濁重與刺耳 (strong, rugged sound)。

(1)本義表「濁重，刺耳音」。

【例】 grating *adj.* (聲音) 刺耳的　　　　gruff *adj.* (說話聲) 低沉的，粗啞的

(2)一般人咕噥地 (gr-r-r-r) 發牢騷，說話聲音必然濁重、刺耳，因此引申義為「發牢騷，抱怨，鬧情緒 (complaint)」。

【例】 grunt *v.* 喃喃地發牢騷　　　　grievance *n.* 抱怨

groan *v.* 呻吟；受折磨　　　　grumpy *adj.* 不高興的，繃著臉的

gripe *v.* 抱怨　　　　grouty *adj.* 脾氣壞的，不高興的

grudge *v.* 吝惜，不願給　　　　disgruntled *adj.* (因未如預期而) 不悅

---

[9]　源自古英語 glæd 'bright, shining'，其義為「閃亮的，發光的，照耀的」。想一想，運動員得到閃閃發亮的金牌時，是不是都會歡喜高興？

grouch *v.* 抱怨，發牢騷

grumble *v.* 發牢騷

grouse *v.* 抱怨，發牢騷

growl *v.* (人) 粗暴地說；(狗等) 咆哮

的，心情不佳的

grey / gray *adj.* (因生病、恐懼等而臉色) 蒼白的

green *adj.* (因生病、恐懼、生氣等而臉色) 發青的

(3) gr-r-r-r 連在一起唸時，會感覺到舌後與上臼齒的咯咯摩擦聲，因此引申有「摩擦 (rubbing) 或因磨而產生的顆粒」之意。

【例】grind *v.* 碾碎 (穀物等)

grit one's teeth 咬緊牙關；(發怒、下決心時) 磨牙

gravel *v.* (道路等) 鋪碎石

grate *v.* 互相摩擦發出咯吱咯吱聲

grovel *v.* 匍匐，趴在地上 (與地面「磨」的動作)

graze *v.* 擦傷 (皮膚)，擦過

grave *v.* 雕刻 (刻也是一種「磨」的動作)

gride *v.* 刺耳地刮擦

grub *v.* (為清除草根、石塊等) 挖掘 (土地) (挖也是一種「磨」的動作)

granule *n.* 細顆小粒，微粒

grit *n.* 砂粒，砂礫 (撒在路上以增加摩擦力)

grits *n.* (穀物的) 粗碾粉

grist *n.* 磨碎的穀物

(4)磨的時候會產生一種粗重的刺耳聲，聞之會使人渾身起雞皮疙瘩，因此另一引申義為「可怕的，不愉快的 (something unpleasant)」。

【例】gruesome *adj.* 使人毛骨悚然的；可怕的

grisly *adj.* 可怕的；不愉快的

grim *adj.* 猙獰的；可怕的

grimace *n.* 鬼臉；怪相

grimalkin *n.* 惡毒的老太婆

● 4.8 簡介字母 h 的語音與語義之對應性

/h/ 在發音語音學上列為清聲喉擦音 (voiceless glottal fricative)。發 [h] 音時，聲門

打開，讓氣流通過，這時氣流與張開著的聲帶發生輕微摩擦而產生。[h] 的發音部位在喉門，比國語舌根的 [x] 後得多，因此必須比其他輔音花更大的力氣才能將氣流送出口腔外，因此 [h] 代表最費力氣或最強烈的情感 (the greatest intensity of effort or feeling) 的音，而 [l] 表最不費力氣的音。

(1)本義表「最費力的動作或活動」。

【例】 hack v. (以斧頭等) 劈　　　　　　hurl v. 用力投擲

hew v. (用斧等) 砍，伐　　　　　haul v. (用力) 拖，拉，曳

hammer v. 用鐵鎚敲擊 (鐵釘等)　　hoist v. 將 (重物) 舉起，吊起

harrow v. 用耙耙地　　　　　　　heave v. (把重物) 拉起，挺舉

hoe v. 用鋤頭除草或耕地　　　　　hoard v. 囤積 (食物、金錢等)

harvest v. 收割 (農作物)　　　　　hike v. 徒步旅行

harry v. (時常) 搶奪，掠奪　　　　hustle v. 猛推，驅趕

harass v. (不斷地) 煩擾 (某人)　　hug v. (親暱地) 緊抱

【比較】
$\begin{cases} \text{hasten } v. \text{ 催…趕快} \\ \text{loiter } v. \text{ 閒蕩} \end{cases}$
$\begin{cases} \text{hurry } v. \text{ 趕快} \\ \text{linger } v. \text{ 徘徊} \end{cases}$
$\begin{cases} \text{halter } n. \text{ (套在馬頭的) 粗韁繩} \\ \text{leash } n. \text{ (拴狗等的) 細皮帶} \end{cases}$

$\begin{cases} \text{heavy } adj. \text{ 重的} \\ \text{light } adj. \text{ 輕的} \end{cases}$
$\begin{cases} \text{huge } adj. \text{ 巨大的} \\ \text{little } adj. \text{ 小的} \end{cases}$
$\begin{cases} \text{hoist } v. \text{ 舉起} \\ \text{lower } v. \text{ 放低} \end{cases}$

(2)本義表「最強烈情感的發洩」，多用於驚嘆詞。

【例】 hurrah interj. 好哇！加油！　　　　hallelujah interj. 哈利路亞

ha-ha interj. (表示高興或嘲笑) 哈哈　　hail interj. (表歡呼、祝賀、致敬等)

hush interj. 噓！別作聲！　　　　　　　好啊，歡迎

humbug interj. 胡扯！豈有此理！

(3)象徵最有活力 (vigor) 的動物或鳥類。

【例】 hedgehog n. 豪豬，箭豬　　　　hare n. 野兔

horse n. 馬　　　　　　　　　　hornet n. 大黃蜂

hound n. 獵犬　　　　　　　　　hawk n. 老鷹

hippo n. 河馬

⑷遭遇障礙，遭遇阻力，要克服就必須費力地做，因此具有「障礙，阻力」之引申義。

【例】<u>h</u>andicap *n.* (身體的) 障礙，缺陷　　　<u>h</u>inder *v.* 妨礙

　　　<u>h</u>edge *n.* 樹籬；籬笆　　　　　　　<u>h</u>amper *v.* 阻擾，妨礙

　　　<u>h</u>urdle *n.* 障礙物　　　　　　　　　<u>h</u>alt *v.* 停止

　　　<u>h</u>obble *v.* 跛行，蹣跚

● 4.9　簡介字母 i 的語音與語義之對應性

　　/ɪ/ 在發音語音學上列為舌前高不圓唇音 (high, front, unrounded vowel)。發元音時，開口形狀的大小，象徵體積、空間、數量、規模、範圍、程度的大小或強弱。發 [ɪ] 時，舌頭儘量往前伸，嘴唇不圓，把嘴合攏，即開口度最小，有「微小、輕快、虛弱」之本義。

【例】t<u>i</u>p *n.* 小費　　　　　　　　　　l<u>i</u>ttle *adj.* 小的

　　　m<u>i</u>niature *n.* 縮小模型　　　　　t<u>i</u>mid *adj.* 膽小的

　　　m<u>i</u>nimum *n.* 最小數量　　　　　s<u>i</u>p *v.* 啜飲

　　　peccad<u>i</u>llo *n.* 輕罪　　　　　　m<u>i</u>nce *v.* 將 (肉等) 剁碎，碎步行走

　　　gosl<u>i</u>ng *n.* 小鵝　　　　　　　d<u>i</u>minish *v.* 減少，縮小

　　　nap<u>ki</u>n *n.* 小毛巾　　　　　　gl<u>i</u>mmer *v.* 發微光

　　　part<u>i</u>cle *n.* 微粒　　　　　　　dr<u>i</u>zzle *v.* 下毛毛雨

　　　dogg<u>i</u>e *n.* 小狗　　　　　　　p<u>i</u>thy *adj.* 簡潔的

　　　tw<u>i</u>g *n.* 小枝，細枝　　　　　sl<u>i</u>m *adj.* 瘦細的，纖弱的

　　　p<u>i</u>ttance *n.* (少量的) 津貼　　th<u>i</u>n *adj.* (聲音、光線等) 微弱的

　　　b<u>i</u>t *n.* 一小片，一小塊　　　　qu<u>i</u>ck *adj.* 急速的

　　　<u>i</u>nkling *n.* 略知；暗示　　　　sw<u>i</u>ft *adj.* 快的

　　　spl<u>i</u>nter *n.* (木材、玻璃等的) 碎片　bl<u>i</u>tz *n.* 閃電式攻擊

　　　shr<u>i</u>nkage *n.* 收縮，縮小　　　j<u>i</u>ffy *n.* 瞬間

　　　　　　　　　　　　　　　　　fl<u>i</u>t *v.* (鳥、蝴蝶等) 輕快地飛

　　　　　　　　　　　　　　　　　gl<u>i</u>mpse *v.* 瞥見，乍看

● 4.10　簡介字母 j 的語音與語義之對應性

/j/ 在發音語音學上列為有聲齦顎塞擦音 [dʒ]。由於 [dʒ] 聽起來很像「嘰嘰」的聲音，因此本義為「嘰嘰喳喳」。

(1)本義表「嘰嘰 (吱吱) 喳喳」聲。

【例】jabber v. (猿猴等) 吱吱喳喳叫；(人) 嘰哩咕嚕地說

jargon n. 《古》鳥的啁啾聲；(特定職業、團體所用的) 術語，行話

jeer v. 譏笑，嘲笑

jibe v. 譏笑，嘲笑

(2)嘰嘰喳喳聲象徵人聲鼎沸、歡欣鼓舞、欣喜若狂，因此可引申為「歡樂，喜悅」之意。

【例】enjoy v. 欣賞，喜愛　　　　　　　jaunty adj. 洋洋得意的；活潑的

joy n. 喜悅，快樂　　　　　　　　jocular adj. 詼諧的，愛開玩笑的

jest n. 玩笑　　　　　　　　　　　jovial adj. 快活的，愉快的

joker n. 說笑話的人　　　　　　　jocose adj. 詼諧的，開玩笑的

jubilee n. 猶太人的五十年節；　　　jubilant adj. 喜氣洋洋的，熱鬧的

　　　　　狂歡，歡樂　　　　　　　jolly adj. 愉快的

jubilation n. 歡欣鼓舞；慶祝活動　jocund adj. 歡樂的；高興的

(3)人逢喜事、佳節、慶典難免敲鑼打鼓，發出叮噹、鏗鏘之聲，大肆慶祝一番，因此 /j/ 可引申為「鈴鐺、硬幣、鑰匙等碰擊時發出的叮噹聲」。例如聖誕歌曲中的 Jingle bells, Jingle bells, Jingle all the way!

【例】jingle v., n. (鈴、硬幣等金屬)(發出) 叮噹聲或鏗鏘聲

jangle v., n. (鈴、鐘、金屬等)(發出) 不和諧刺耳聲音

jar v. 發出吱吱刺耳的聲響，發出使精神焦躁的聲音

jarring adj. (聲音) 刺耳的，不和諧的

(4)不停地發出嘰嘰喳喳或叮噹之聲有時會引人神經過敏、心神不寧，甚至情緒不穩，因此 /j/ 可引申為「焦躁不安，顛簸不穩定」之意。

【例】jitter v. 神經過敏，心神不寧　　　jump v. 嚇了一跳

jolt v. 顛簸而行　　　　　　　　jittery adj. 神經過敏的；焦躁的

jog v. (車等) 顛簸地前進；　　　jerky adj. 顛簸的，不平穩的

　　　(人) 慢慢地跑　　　　　　jerk n. 顛簸；急推 [撞，扭，投]；

jiggle *v.* 上下或左右輕快地晃動 　　　　　(肌肉的) 痙攣

jumble *v.* 使混亂

● 4.11　簡介字母 k 的語音與語義之對應性

由於 k 在發音上與 c 相同，因此與字母 c 語音與語義之對應性相似，請參閱字母 c。

◆ 4.11.1　簡介輔音群 kn- 的語音與語義之對應性

與輔音群 cl- 完全不同，kn- 是由無聲軟顎塞音 /k/ 與齒齦鼻音 /n/ 組合而成。它們的結合並非門當戶對，因為 [k] 屬於口腔音而 [n] 屬於鼻腔音，彷彿夫妻兩人意見不合，爭吵不斷，甚至絕裂。比方說，[n] 堅持己見，氣流應自鼻腔而非口腔逸出，在形勢比人強的情況下，[k] 只好噤若寒蟬，暫不發聲。換言之，表面上二者圓滿地結合，但事實上，二者意見南轅北轍，彼此有心結，凸顯出不同的立場，因此本義表「圓形的凸出物 (hard protuberance)」，如結、節、瘤等。

【例】knee *n.* 膝，膝蓋　　　　　　　　kneel *v.* (彎曲膝蓋) 跪下

knuckle *n.* 指關節　　　　　　　　knock *v.* (用手指關節) 喀喀地敲打

knoll *n.* 圓丘，小山

knob *n.* (門、抽屜等的) 把手

knot *n.* 結，(樹幹的) 節瘤

knurl *n.* 節，瘤

● 4.12　簡介字母 l 的語音與語義之對應性

/l/ 在發音語音學上列為齒齦舌邊音 (alveolar lateral)。發 [l] 時，舌尖與部分舌葉和齒齦接觸，造成正面堵住氣流出路，氣流只好從舌頭的兩邊流出口外。此外，[l] 能讓氣流迅速地流過，所以又稱作流音 (liquid)。

⑴ [l] 是所有輔音中最輕、發音最不費力的音 (effortless sound)，因此其音質具有「輕輕的、鬆鬆的」特性，本義為「質輕之物或減輕的動作」。❿

【例】lilt *n.* 輕快的歌曲 (a light song)　　lance *n.* 長矛 (a light weapon)

loam *n.* 沃土 (a light soil)　　　　latch *n.* (門窗上的) 閂，鎖 (a light

---

❿　質輕之物看起來難免有小的感覺，因此字母 l 常用於表「小」的詞尾 (diminutive suffixes)，例如 particle，candle，booklet，granule 等。

lily *n.* 百合花 (a light flower)

lunch *n.* 便餐 (a light meal)

lather *n.* 肥皂泡沫 (a light foam)

lark *n.* 嬉戲 (the lightest form of fun)

fastening)

lath *n.* 薄木片 (a light strip of wood)

leaven *v.* (加酵母劑) 使 (麵粉) 發酵

alleviate *v.* 使 (身、心的痛苦) 減輕

⑵一般人做事若不需費力、不需絞盡腦汁，其心情必然輕鬆愉快，情不自禁地邊做邊哼著 "la, la, la"，因此引申含有「心情沒有壓力，輕鬆，愉快 (a light, joyous mood)」之意。

【例】laughter *n.* 笑聲

liberty *n.* 解放，自由

leisure *n.* 空閒

lad *n.* 年輕人，少男

lass *n.* 少女

light *adj.* (心情) 輕鬆的；(動作) 輕快的

lissome *adj.* 姿態優雅的，輕快的

loose *v.* 釋放，使自由

relax *v.* 放鬆心情

⑶大自然要呈現出輕鬆、愉快的面貌，就必須要有光，有了光，陽光普照大地，萬物欣欣向榮，生氣蓬勃，因此也可引申含有「發光，明亮 (light, brightness)」之意。

【例】light *n.* 光；光線；光亮

lamp *n.* 燈；燈火

lambent *adj.* (火焰等) 搖曳的

lantern *n.* 燈籠

lightning *n.* 閃電

lucent *adj.* 發光的；明亮的

lumen *n.* 流明 (光束的單位)

luminous *adj.* 發光的，光亮的

luster *n.* 光澤，光輝

lackluster *adj.* 無光澤的

lustrous *adj.* 有光澤的，光亮的

lux *n.* 勒克斯 (照明度的國際單位)

⑷做事若不需費力，不需絞盡腦汁，便很有可能像龜兔賽跑中的兔子故意不認真跑，擺出一副怠惰、不想活動的樣子，因此另一引申義為「怠惰，不想活動 (inactivity)」。

【例】lull *v.* 哄 (嬰兒) 入睡

lullaby *n.* 搖籃曲

lie *v.* (人、動物) 躺，臥

lean *v.* (往後) 倚靠

loaf *v.* 游手好閒；閒蕩

lounge *v.* 懶洋洋地躺臥

lag *v.* 落後，鬆懈；(興趣等) 減低

laggard *n.* 動作緩慢者；落後者

lazy *adj.* 懶散的，怠惰的

languid *adj.* 倦怠的，無精打采的

lethargic *adj.* 昏睡狀態的；無力的

lackadaisical *adj.* 無精打采的

loll *v.* 懶洋洋地倚靠 [坐著，站著]　　listless *adj.* 無精打采的，倦怠的

loiter *v.* 閒蕩　　lassitude *n.* 懶散，倦怠

● 4.13　簡介字母 m 的語音與語義之對應性

/m/ 在發音語音學上列為雙唇鼻音 (bilabial nasal)。發音的方式是雙唇緊閉，軟顎低垂，堵住口腔的通道，讓氣流從鼻腔出來，同時振動聲帶，即產生 [m] 音。

(1)雙唇緊閉，無法張嘴說話，氣流自鼻腔流出，因此本義表「悶 (m) 不吭聲」。

　　【例】mum *adj.* 無言的，不說話的

　　　　　　　interj. 別說話 (用於下面的慣用語)

　　　　　　　　　Mum's the word！別聲張！(擬雙唇緊閉)

　　　　mute *n.* 啞巴　　*adj.* 啞巴的；(字母) 不讀音的

　　　　mummery *n.* 啞劇

　　　　mime *v.* 扮演啞劇

(2)在雙唇緊閉，氣流自鼻腔逸出的情況下，可引申為即使說話，其音也「低沉甚至不清楚 (indistinct speaking)」。

　　【例】muffle *v.* 使 (語意等) 含糊不清　　mutter *v.* 低聲嘀咕

　　　　mumble *v.* 喃喃而言　　moan *v.* (因痛苦、悲傷等) 呻吟

　　　　murmur *v.* 低聲說，低聲抱怨　　murky *adj.* 不明確的，模糊的

　　　　maunder *v.* 嘮叨地講，咕噥

(3)人若整天悶不吭聲，其心情必然悶悶不樂，愁眉苦臉，故亦可引申為「心情鬱悶 (sullen disposition)」。

　　【例】mope *v.* 鬱悶　　moody *adj.* 憂鬱的，情緒低潮的

　　　　mump *v.* 繃著臉不說話　　morose *adj.* 悶悶不樂的

　　　　mourn *v.* 哀傷，哀悼　　melancholy *n.* 憂鬱

● 4.14　簡介字母 n 的語音與語義之對應性

/n/ 在發音語音學上列為齒齦鼻音 (alveolar nasal)。發音的方式是雙唇微開，舌尖向上，抵住上齒齦以阻礙氣流，同時軟顎低垂，堵住口腔的通道，讓氣流從鼻腔流出，振動聲帶，就產生 [n]。在全世界的語言裡，唯一不可或缺的鼻音就是 [n]，可稱為鼻音之祖。

(1)本義表「鼻子或者與鼻子有關的動作或聲音」。

【例】 nose *n.* 鼻子　　　　　　　　　nib *n.* (鳥的) 嘴 (類似鼻子)

nostril *n.* 鼻孔　　　　　　　　nozzle *n.* 茶壺嘴；(軟管、煙管等的)

nasal *n.* 鼻音　　*adj.* 鼻的，鼻音的　　　　管嘴 (類似鼻子)

nuzzle *v.* 用鼻子觸，以鼻掘

(2)世界上有許多種語言和方言的輔音用 [n] 表「無，否定」，因此引申義為「無，否定」。

【例】 no *adj.* 沒有，無　　　　　　　nay *adv.*《古》否，不

not *adv.* 不　　　　　　　　　nil *n.* 無，零

never *adv.* 絕不，永不　　　　　nihilism *n.* (哲學、神學) 虛無主義

none *pron.* 沒有人，毫無　　　　null and void (法律上) 無效的

neither *pron.* 兩者都不　　　　　denial *n.* 否定，否認

naught *n.* 零，無　　　　　　　negative *adj.* 否定的

● 4.15　簡介字母 o 的語音與語義之對應性

/o/ 在發音語音學上列為圓唇元音，因而具有「圓滾滾」之本義。

(1)本義表「圓形物或類似圓形之物」，如卵、石、洞、孔、口、嘴、眼珠等。

【例】 round *n.* 圓形物 *adj.* 圓的　　　　oath *n.* 誓約 (以嘴對天發誓)

cone *n.* 圓錐　　　　　　　　knoll *n.* 圓丘

dome *n.* 圓屋頂　　　　　　　atom *n.* 原子

knob *n.* 圓形把手　　　　　　coin *n.* 硬幣

oval *adj.* 橢圓形的 *n.* 橢圓形　　corn *n.* 雞眼

scone *n.* 圓形鬆餅　　　　　　solar *adj.* 太陽的

dot *n.* 小圓點　　　　　　　　bowl *n.* 碗

roe *n.* 魚卵　　　　　　　　　orange *n.* 柳橙

ovary *n.* 卵巢　　　　　　　　orb *n.* 星球，天體 (尤指月亮、太陽)

stone *n.* 石頭　　　　　　　　globe *n.* 球體

boulder *n.* 大圓石　　　　　　optic *adj.* 眼的；光學的

hole *n.* 穴；孔；洞　　　　　　myopia *n.* 近視

orifice *n.* (耳、鼻等的) 口，孔　　ocular *adj.* 眼睛的

pore *n.* 毛孔；氣孔　　　　　　　ogle *v.* (對某人) 拋媚眼

bore *v.* 鑽孔；挖 (洞等)　　　　　orbit *n.* 眼眶；(天體等的) 軌道

perforate *v.* 穿孔　　　　　　　　ophthalmology *n.* 眼科學

oral *adj.* 口頭的

⑵圓形物如輪子、瓶子等才會滾、才會轉動，因此引申為「滾，轉，捲」之意。

【例】roll *v.* 滾動　　　　　　　　vortex *n.* 漩渦

bottle *n.* 瓶子　　　　　　　　　convolution *n.* 迴旋；《解剖》腦回

revolve *v.* 迴轉　　　　　　　　　devolve *v.* (職責等) 轉移

scroll *n.* (紙、羊皮紙的) 卷軸　　　rotary *adj.* 旋轉的

volume *n.* 一卷　　　　　　　　　rotation *n.* 旋轉；輪流

tome *n.* (多卷本著作的) 冊，卷；　popple *v.* (沸水等) 翻騰

　　　　大冊書，大本書

⑶當聯想到一個人身材圓滾滾時，想必此人一定是「肥胖」，而肥胖的原因不外乎是吃
得好、穿得好，想當然爾的，只有靠荷包「肥嘟嘟」才能不愁吃穿，因此引申有「肥
胖；富裕」之意。

【例】corpulence *n.* 肥胖　　　　　　portly *adj.* (中年人) 圓胖的，魁梧的

obese *adj.* 肥胖的　　　　　　　　rotund *adj.* 圓胖的

obesity *n.* 肥胖　　　　　　　　　opulent *adj.* 富裕的；豐富的

● 4.16　簡介字母 p 的語音與語義之對應性

　　/p/ 在發音語音學上列為清聲雙唇塞音 (voiceless bilabial stop)。發音方式是先緊閉
雙唇，氣流完全阻塞，提升軟顎，封閉鼻腔，然後突放雙唇，壓縮在口腔內的氣流突然
逸出，進而產生一種不振動聲帶的爆破音。

⑴發 [p] 時，雙唇緊閉，氣流完全阻塞於口腔內；換言之，將氣流包在口腔內，發音者
之雙頰因而鼓起，因此具有「包圍 (enclosing)」之本義。

【例】pail *n.* 水桶 (包水)　　　　　　pillory *n.* 頸手枷 (古代的刑具，將犯

pajamas *n.* 睡衣褲 (包身體)　　　　　　　人的頭、雙手夾在木板間)

palace *n.* 宮殿 (包王室)　　　　　parish *n.* 教區 (包信徒)

pants *n.* 褲子 (包腿)　　　　　　　pavilion *n.* 大型帳篷 (包休息者)

<u>p</u>arcel *n.* 小包裹 (包郵寄物)	<u>p</u>od *n.* (豌豆的) 豆莢 (包豌豆)
<u>p</u>eel *n.* 水果皮 (包果肉)	<u>p</u>urse *n.* 錢包 (包錢)
<u>p</u>itcher *n.* 水壺 (包水)	back<u>p</u>ack *n.* 背包 (包日用品)
<u>p</u>ond *n.* 池塘 (包水)	<u>p</u>all *n.* (蓋於棺木上的) 罩棺布

⑵發 [p] 時，先緊閉雙唇，然後突放雙唇，因不振動聲帶，力量似乎不足，彷彿雙唇僅僅在一起互相拍打而已，因此可引申為「拍打」之意。我們不妨在此比較一下 [p] 和 [b] 之異同：[p] 和 [b] 的發音部位相同，區別在於 [p] 不振動聲帶而 [b] 有振動聲帶。兩者皆有「拍打」之意，但 [b] 因為有振動聲帶，所以力量比 [p] 更為強烈，因此 [b] 在「拍打」之意外，更有「猛擊」之引申義。

【例】<u>p</u>ace *v.* 以緩慢的步伐行進 (腳步拍打 地面)	<u>p</u>et *v.* 愛撫
<u>p</u>at *v.* (表親密、稱許) 輕拍	<u>p</u>ick *v.* (用手指或尖細器具) 掏，扒； 剔 (牙)，挖 (鼻孔)
<u>p</u>addle *v.* (用腳或手) 戲 [拍] 水	<u>p</u>ing *v.* 發出乒聲
<u>p</u>atter *v.* (雨等) 啪嗒啪嗒地響 (雨水 拍打屋頂或路面)	<u>p</u>ound *v.* 砰砰地敲打
	<u>p</u>unch *v.* 用力擊 [拍]

◖ 4.16.1　簡介輔音群 pl- 的語音與語義之對應性

pl- 是由清聲雙唇塞音 (voiceless bilabial stop) /p/ 與邊音 (lateral) /l/ 組合而成，聽起來彷彿物體落入水中所產生拍擊水面的「撲通」聲。

⑴本義可表「物體撲通落入水中或沉重拍擊地面的動作」。

【例】<u>pl</u>angent *adj.* (波浪拍擊) 澎湃的	<u>pl</u>odder *n.* 走著沉重步伐的人
<u>pl</u>ash *v.* (水) 發出拍擊聲，飛濺	<u>pl</u>unger *n.* 跳水者，潛水者
<u>pl</u>od *v.* 沉重緩慢地走	<u>pl</u>unk *v.* 砰地落下
<u>pl</u>op *v.* 撲通一聲落下	<u>pl</u>ough *v.* 用犁耕田；破 (浪) 前進
<u>pl</u>ump *v.* 撲通一聲坐下； 突然沉重地落下	<u>pl</u>uvious *adj.* 多雨的
<u>pl</u>umb *v.* 用鉛錘測定 (深度)	<u>pl</u>ummet *v.* 快速落下； (物價、名望等) 驟然下跌

⑵有時我們以人的聲望、財力、病情等突然急轉直下、跌入萬丈深淵來隱喻其陷入困境，因此 /pl/ 撲通落下的本義也可引申為「陷入困境」之意。

【例】plunge v. 陷入 (某種狀態如哀愁、絕　plight n. 苦境，困難處境
　　　望等)　　　　　　　　　　　　plague n. 瘟疫，傳染病

◑ 4.16.2　簡介輔音群 pr- 的語音與語義之對應性

　　pr- 是由清聲雙唇塞音 (voiceless bilabial stop) /p/ 與齒齦捲舌音 /r/ 組合而成。p 的發音部位在雙唇，而雙唇又居於所有發音部位的最前端 (the most forward position)，現與發音費力的強音 r 結合，更增強 p 向前移位，向前戳刺。例如：pre-, pro- 'before, forward'(前方，向前)；prim-, prin- 'first, foremost'(第一的，主要的，最前的，最先的)。

(1)本義表「向前移位，向前戳刺」。

【例】president n. 總統　　　　　　　　principal n. (中小學的) 校長

　　　premier n. 首相，總理　　　　　　　　　　adj. 主要的，第一的

　　　prodigy n. 天才，奇才　　　　　　prior adj. (時間、順序) 在前的；

　　　prophet n. 先知，預言者　　　　　　　　　居先的

　　　professor n. 教授　　　　　　　　prick v. (用尖的東西) 扎，刺，戳；

　　　provost n. (美國大學的) 教務長；　　　　　(踢馬刺) 策馬前進

　　　　　　　(蘇格蘭的) 市長　　　　　prod v. 刺，戳；驅策

　　　primate n. (羅馬天主教的) 首席主教　prong v. (用叉子) 刺；

　　　primer n. 入門書　　　　　　　　　　　　(用耙子) 耙開 (泥土等)

　　　prime adj. 最重要的，主要的　　　　prog v. (用叉等) 戳，刺

　　　prince n. 王子，太子　　　　　　　pry v. 窺探，刺探 (他人私事)

(2)各方面表現傑出，在職位上才有向前移動的可能，但這些傑出人士容易驕傲、自負，易流於矯揉造作、矯首昂視、好挑剔、愛吹噓，所以極易引人反感，因此 /pr/ 的引申義都含有負面內涵 (bad connotation)。

【例】prance v. (人) 神氣地走；昂首闊步　prim adj. (尤指婦女) 裝模作樣的；

　　　prate v. 嘮叨；吹噓　　　　　　　　　　　拘謹的

　　　preen v. (人) 打扮整齊；　　　　　proud adj. 傲慢的；自負的

　　　　　　　打扮漂漂亮亮　　　　　　　prudish adj. (女人對性) 過分拘謹的；

　　　prank v. 打扮，裝飾；炫耀自己　　　　　　假正經的

　　　priggish adj. 愛嘮叨的；愛挑剔的　　prissy adj. 一本正經的；拘謹的；

　　　　　　　　　　　　　　　　　　　　　　　過分講究的

● 4.17　簡介輔音群 qu- 的語音與語義之對應性

由於 qu 連起來讀成 [kʷ]，/k/ 的發音位置在軟顎，而 /w/ 的發音位置在雙唇，二者相距甚遠，要在瞬間完成 [kʷ] 的發音，唇舌的動作勢必要快，因此，[kʷ] 具有「快速」之本義。由於 1066 年諾曼人征服英國，古英語大受諾曼人所講的法語影響，qu- 的組合因而替代了古英語的 cw- (kw-)。

⑴本義表「快速，急速」。

【例】quicken v. 使快速，加快

　　　quaff v. 痛飲，狂飲

　　　quirk v. 急轉 n. (命運的) 驟變

　　　quirt v. 用皮製馬鞭抽打 (抽打的動作迅速)

⑵動作快速的人通常充滿著生命力與活力，因而引申為「活潑的，活躍的」之意。

【例】quick adj.《古語》活著的；活潑的，活躍的；懷孕的

　　　the quick and the dead 生者與死者

　　　a woman quick with child 進入胎動期的孕婦

　　　queen n.《古語》有生育力的婦女 (one who 'gives life to')

　　　quip n. 妙語，俏皮話

⑶動作快速的事物，如地震，常常在人們心中產生顫動、驚慌不安等感覺，因而引申有「顫動，驚慌不安」之意。

【例】quake v. 震動；(因恐懼等) 發抖　　　quench v. 熄滅 (火等)，解 (渴)

　　　quaver v. (聲音) 顫動　　　　　　　quell v. 平息 (不穩之活動)

　　　quiver v. 渾身發抖　　　　　　　　quail v. 畏縮

　　　quarrel v. 爭吵　　　　　　　　　　quash v. 使平息；鎮壓 (叛亂等)

　　　querulous adj. 愛抱怨的　　　　　　qualms n. 不安，疑慮

　　　quack n. 鴨叫聲；庸醫　　　　　　　quandary n. 困惑，左右為難

● 4.18　簡介字母 r 的語音與語義之對應性

/r/ 在發音語音學上列為濁聲舌尖接近齒齦的流音 (voiced dental and alveolar liquid)。發 [l] 的時候，氣流是從舌頭的兩邊通過，但發 [r] 的時候，氣流卻從舌尖的中

央部分通過。[r] 出現在元音之前，雙唇微微撮攏成圓形，舌尖接近齒齦，有時會後捲 (retroflex)，並且提升軟顎，封閉鼻腔，振動聲帶，接著氣流從舌尖的中央部分通過，舌位也滑向後接母音之舌位。發 [l] 時，牽動了 15 條肌肉，但發 [r] 時，舌微捲，費力較大，牽動了 18 條肌肉，因此，發音時 [r] 比 [l] 費力。Fonagy (1963) 曾以匈牙利語做實驗，發現 [r] 帶有「粗野的、好鬥的、有男子氣的、發隆隆聲的、更費力的 (wild, pugnacious, manly, rolling, harder)」的特性。

⑴本義表「發出濁重隆隆聲之動作」，如隆隆作響、怒吼、咆哮等。

【例】rage v. 發怒；(風、浪、疾病等) 猖獗，
肆虐

rail v. 怒叱，申斥

rant v. 大聲喊叫，叫嚷

rasp v. 發出刺耳聲；發出擦刮聲

rate v. 怒斥，痛罵

rattle v. 喀嗒喀嗒地響

rave v. 呼嘯，咆哮，怒號

roar v. (猛獸) 怒吼，咆哮；
(群眾) 吵嚷

rumble v. (雷、砲聲) 隆隆地響；
(肚子) 咕咕地叫

rustle v. (紙、樹葉、絲等) 發出沙沙聲

【注意】一年十二個月，除了最炎熱的四個月份 (May, June, July and August) 外，其他八個月份的字母都含有 r，難道這只是純然的巧合嗎？這很可能與北方呼嘯而來的刺骨寒風有關。

⑵本義指「動作粗野、卑劣的放肆者」，其所做所為經常對他人造成傷害。

【例】rabble n. 烏合之眾

rake n. 浪子，酒色之徒

ragamuffin n. 流浪兒，衣衫襤褸的髒
孩子

rascal n. 流氓，惡棍，無賴

rebel n. 造反者，反叛者

renegade n. 叛教者，叛黨者

reprobate n. 墮落者，無賴

reptile n. 卑劣的人，陰險的人

robber n. 強盜，搶奪者

rogue n. 惡棍，流氓，騙徒

rook n. (用賭博等) 詐騙的人

rowdy n. 粗漢，喧鬧的人

ruffian n. 惡棍，流氓，無賴

⑶本義指「粗野、卑劣的放肆者所做的違法行為 (lawless behavior)」，如搶劫、強暴、蹂躪、毀壞、襲擊、鬧事等。

【例】raid v. 突襲，侵入

rampage v. 狂暴地亂衝

rend v.《古》強行奪取；
(用力) 撕裂，扯破

ransack v. 搶劫，掠奪	rig v. (用欺騙等不正當手段)
rape v. 《古》強取；強暴	操縱；壟斷；舞弊
ravage v. 破壞，蹂躪	riot v. 參加暴動，騷亂
raven v. 掠奪，搶劫	rip (off) v. 搶奪，敲詐
ravish v. 《古》強奪；使銷魂	rive v. 撕裂，扯開；使 (心等) 破碎
raze v. 把 (城市、建築物等) 拆毀，	rob v. 搶奪，搶劫
夷平	rummage v. 翻箱倒櫃地搜尋

本義也可適用於下列具有負面內涵 (bad connotation) 的形容詞：

rabid adj. 患狂犬病的；瘋狂的	rank adj. (氣味等) 惡臭的；刺鼻的
raffish adj. 放蕩的，輕浮的	rash adj. 魯莽的；輕率的
ragged adj. 凹凸不平的；	raucous adj. (聲音) 粗啞的；刺耳的
(衣服) 襤褸的	ravenous adj. 貪婪的；極餓的
rancorous adj. 懷有仇恨的	raw adj. 生的，生硬的；粗糙的
rancid adj. (油脂、奶油) 變味的	ribald adj. (言行) 粗野的；下流的
rapacious adj. 強奪的；貪婪的	rotten adj. (東西) 腐爛的;(天氣) 討厭
rickety adj. 不牢靠的，搖晃的；	的
蹣跚的	rough adj. (行為) 粗暴的;(天氣) 惡劣
rocky adj. 搖晃的；不穩的；暈眩的	的；(手) 粗糙的
rugged adj. 粗糙不平的	rude adj. 無禮的；粗魯的

● 4.19 簡介字母 s 的語音與語義之對應性

/s/ 在發音語音學上列為清聲齒齦擦音 (voiceless alveolar fricative)。發音方式是不振動聲帶，雙唇微微張開，舌尖上提，跟上齒齦接觸，舌葉向下凹成一條孔道，或舌尖置於下排門齒之後，但二者並不會完全阻塞，而是留下窄縫，讓氣流從那縫隙中擠出去而產生本義「嘶嘶」的摩擦聲。

(1)本義表「嘶嘶或吸食吮汁的摩擦聲」。

【例】	
sibilance n. 齒擦音；發嘶音	seethe v. 《古》在沸水中煮 (食物)；
hiss v. (瓦斯等外漏) 發出嘶嘶聲	翻騰，冒泡
sizzle v. (煎、炸食物時) 發出嘶嘶聲	slurp v. 出聲地吃 [喝]

simmer *v.* (用文火) 慢煮；發出沸騰聲　　sip *v.* 一點一點地喝，啜飲

suck *v.* 吸吮　　　　　　　　　　　　siphon *v.* 用虹吸管吸取

sup *v.*《古》吃晚餐；(小口小口) 啜，

　　　用湯匙喝

⑵在聲譜儀上，嘶嘶聲的能量多集中於高頻區 (4000 赫茲以上) 而非低頻區，彷彿煤氣、瓦斯嘶嘶地從破掉的管線漏出，飄向高空，使 [s] 音具有輕飄飄而非低沉的特性。所謂君子不重則不威，因此，以 s 為首的抽象字詞，在語義上常具有負面內涵 (negative connotation)，其詞義朝貶義 (pejoration) 的方向演變。

【例】silly *adj.* 古英語原指「幸福的 (happy)，有福的 (blessed)」，現已貶降為「笨的，愚蠢的 (foolish)」。

simple *adj.* 古法語原指「出身低微，地位低下 (humble)」，現已貶降為「頭腦簡單；蠢的 (uneducated, ignorant, stupid)」。

sinister *adj.* 拉丁語原指「左邊的 (left-hand)」，因為羅馬預言家認為「左邊」為「不吉祥，運氣不佳」，故貶化為「不吉利的，不良的，凶兆的 (unlucky, ominous, portentous)」。

spinster *n.* 中古英語原指「從事紡織的女子」，現已貶降為「老處女」。

sullen *adj.* 拉丁語原指「孤獨的，獨自的 (alone, solitary)」，現已貶降為「慍怒的，鬱鬱寡歡的 (gloomy, sad, dismal)」。

surly *adj.* 古英語原指沒有爵士身分卻要擺出一副上流人架子的人，即「像個爵士 (sir 或 sire) 模樣的」，也就是說「目中無人的；傲慢的 (imperious, haughty)」。由於以前識字的人不多，sirly 常誤拼為 surly，原來的字義也消失了。現已貶降為「(人、行為等) 粗魯的，脾氣壞的 (rude, bad-tempered)」。

sad *adj.* 古英語原指「滿足的 (sated)」，現已貶降為「悲傷的，哀傷的 (unhappy, sorrowful, mournful)」。

scene *n.* 拉丁語原指「古羅馬劇院的舞臺 (theatrical stage)」，現已貶降為「發脾氣，當眾吵鬧 (a loud or bitter quarrel)」。

seamy side *n.* 中古英語原指「露出毛糙縫線的衣服襯裡」，現已貶降為「(生活等的) 陰暗面」。

seedy *adj.* 中古英語原指「多種子的」，現已貶降為「破舊的，襤褸的」。

soapy *adj.* 古英語原指「(似) 肥皂的」，現已貶降為「討好的，諂媚的」。

◑ 4.19.1　簡介輔音群 sc- (sk-) 與 sh- 的語音與語義之對應性

　　sc- (sk-) 與 sh- 可視為相同的組合，但在不同的語音環境裡，會有不同的語音形態，也就是會有不同的唸法。在英語語音演變過程中，古英語的輔音群 sk-，常拼成 sc-，其後若接前元音，則顎化成現代英語 [ʃ]，常拼成 sh-。換言之，現代英語 sh- 取代了古英語 sc-。

　　【比較】古英語　　　　　　　　　　　　現代英語

　　　　　　sceap[skēə̯p]　　　　　　　　　sheep

　　　　　　scip[skɪp]　　　　　　　　　　ship

　　　　　　scield[skɪə̯ld]　　　　　　　　shield

　　　　　　sceacan[skɛə̯kɑn]　　　　　　shake

　　就語音與語義對應性的觀點而言，sc- 與 sh- 可以合併一起討論。在發音上，[s] 到 [k] 的發音位置涵蓋了整個上顎 (palate)，其中 [s] 居於上顎的前端，而 [k] 居於上顎的後端，此發音動作覆蓋了整個口腔 (a cover to the mouth)，就如同屋頂覆蓋著整個屋子。

⑴名詞的本義表「覆蓋某物 (covering)」。

　　【例】scab *n.* 傷口結的疤；痂 (傷口表面的覆蓋物)

　　　　　scabbard *n.* (刀、劍等的) 鞘；(手槍等的) 槍套 (刀、劍、槍等的覆蓋物)

　　　　　scale *n.* (魚、蛇等的) 鱗；齒垢 (魚體或牙齒表面的覆蓋物)

　　　　　scalp *n.* 頭皮 (覆於人頭表面之物)

　　　　　scurf *n.* 頭皮屑 (覆蓋在頭皮上)

　　　　　scarf *n.* 圍巾，領巾 (覆蓋於身體表面)

　　　　　skim *n.* 撇去物 (如浮渣等)；薄薄的表層 (覆於表面之物)

　　　　　skin *n.* (人體的) 皮膚 (覆於人體表面之物)

　　　　　skirt *n.* 裙子；(衣服的) 下襬 (覆蓋在腰以下的部分)

　　　　　skull *n.* 頭蓋骨

　　　　　sky *n.* 天，天空

　　　　　shackles *n.* 手銬，腳鐐

　　　　　sheath *n.* (刀、劍等的) 鞘；(植物) 葉鞘；(電纜、工具等的) 護套

shed *n.*《古》棚屋；(用以堆放物品的) 貨棚

shell *n.* 貝殼；(蛋、堅果等的) 殼；(豆的) 莢

shelter *n.* 避難所，遮蔽物

shield *n.* 盾，遮蔽物，護罩

shirt *n.* 襯衫

shoe *n.* 低統鞋 (覆於腳上之物)

⑵ [s] 為清聲齒齦擦音，而 [k] 為清聲軟顎塞音。就發音位置而言，[s] 居於上顎的前端，而 [k] 居於上顎的後端，兩者相距甚遠，若要一口氣唸 [sk]，舌位的移動非快速敏捷不可，因此動詞的本義表「快速敏捷的動作 (rapid, brisk movement)」。

【例】scamper *v.* (小動物等) 落荒而逃

scan *v.* 瀏覽 (書等)；掃描

scatter *v.* 散播；揮霍 (財產)

scoot *v.* 急走，飛奔

skate *v.* 溜冰

sketch *v.* 速寫；素描

skid *v.* 滑行

skip *v.* 蹦跳；略讀，迅速翻閱

shake *v.* (因寒冷、恐懼等而) 顫抖

shave *v.* 刮 (臉、鬍子等)

shimmer *v.* 發閃光，閃爍

shiver *v.* (因寒冷、恐怖) 發抖

shoot *v.* 射；射擊 (人或物)

scour *v.* 沖刷；迅速穿過 (地區)

scud *v.* (雲等) 乘風疾行，飛跑

scurry *v.* 匆匆忙忙地跑，急趕

scutter *v.* 急匆匆地走，急趕

skirt *v.* 迴避 (話題、問題等)；
　　　避開 (災難、危險等)

skit *v.*《蘇格蘭》跳；蹦

skitter *v.* (小動物) 快速敏捷地移動

shudder *v.* (因恐懼、寒冷等而) 發抖

shun *v.* 避開，閃開

shunt *v.* 使 (火車) 轉軌

shirk *v.* 躲避 (責任等)

shuttle *v.* 短程穿梭般運送

⑶在時間不足的情況下，快速地做某動作，如速讀，往往只能粗略地、膚淺地讀，因而讀不完整，缺乏整體性，遺漏一些重點，因此可引申為「不足，不完整，缺乏 (scarcity)」之意。

【例】scanty *adj.* 不夠的，缺少的；少量的

scarce *adj.* 不足的，缺乏的；供不應求的

shallow *adj.* (人、知識、談話等) 膚淺的，表面上的

sketchy *adj.* 略圖似的，粗略的；不完全的

skimpy *adj.* (數量等) 不足的；(大小等) 不夠的

(4)如果做事太過快速，便隱含著處事態度馬馬虎虎不嚴肅、敷衍了事，給人輕浮、不穩重的感覺，因此可引申為「不穩重，下賤」之意。

【例】skittish *adj.* (尤指女子) 輕佻的；易變的；活潑好動的

scurrilous *adj.* 粗俗滑稽的；用污言穢語謾罵的

scurvy *adj.* 卑鄙的，下賤的

(5)此外，做事若不嚴謹又隨便敷衍了事的話，常會遭人皺眉輕視、嘲笑、輕蔑、責罵等，因此又引申有「輕視；責罵」的負面內涵。

【例】scoff *n., v.* 嘲笑；嘲弄

scorn *n., v.* 輕蔑；輕視

scowl *n., v.* 蹙額；皺眉

scold *v.* 責罵

scout *v.* 輕蔑地拒絕 (抗議、意見等)

scourge *v.* 鞭打；懲罰

◑ 4.19.2　簡介輔音群 scr- 的語音與語義之對應性

scr- 是由 sc- 與 cr- 組合而成。sc- 的本義是指「快速敏捷的動作」，而 cr- 的本義為「大力撞擊的動作」。現綜合這兩者之本義，scr- 的本義可定為「大力快速撞擊的動作」，而這種動作常是不規律的動作，如亂擦、亂刮、亂抓、亂塗等，這些動作常會產生一些尖銳刺耳、令人討厭的聲音 (unpleasant sounds)。

【例】scrap *v.* 打架，爭吵；拋棄，
廢棄 (計畫、約定等)

scrappy *adj.* 愛打架的，強硬的

scrape *v.* 擦，刮 [擦] 淨

scrub *v.* (用刷子等工具) 用力擦洗

scratch *v.* 抓，搔 (癢處等)

scramble *v.* 互相爭奪；炒蛋

scrabble *v.* 塗鴉，潦草地書寫

scrawl *v.* 亂塗；亂畫；亂寫

scribble *v.* 塗鴉，潦草地書寫

scream *v.* 發出尖銳叫聲

screech *v.* (因恐懼、痛苦、憤怒等而)
尖叫

◑ 4.19.3　簡介輔音群 sl- 的語音與語義之對應性

sl- 是由清聲齒齦擦音 (voiceless alveolar fricative) /s/ 與邊音 (lateral) /l/ 組合而成。[l] 是所有輔音中最輕、發音最不費力的音，其音質具有鬆弛 (looseness) 的特性，而 [s] 具有輕飄飄的特性，現與 [l] 組合成 sl-，其中 [s] 是加強 [l] 的鬆弛性。動作若呈現出鬆

弛狀態，多半是指「慢吞吞的 (slow)，懶散的 (not very active)，或草率的 (sloppy) 的動作」。

⑴本義表「鬆弛、緩慢、草率」。

【例】㈠形容詞：

slack *adj.* 鬆弛的；倦怠的；緩慢的　　slovenly *adj.* 草率的，馬虎的

slight *adj.* (東西) 脆弱的　　　　　　　slow *adj.* (緩) 慢的

sloppy *adj.* (工作等) 草率的　　　　　　slatternly *adj.* 邋遢的

slapdash *adj.* 草率的，馬虎的　　　　　sluggish *adj.* (水流) 緩慢的；怠惰的

slothful *adj.* 慢吞吞的，怠惰的　　　　slipshod *adj.* 穿拖鞋的；懶散的

sleazy *adj.* (紡織品、衣服等)

　　　　　　質料薄而脆的

㈡動詞：

slabber / slobber *v.* 流口水，垂涎　　slog *v.* 步履艱難地行進

slaver *v.* 流口水，垂涎　　　　　　slouch *v.* 無精打采地站 [坐，走]

sleep *v.* 睡覺 (身體各部活動緩慢)　　slubber *v.* 草率從事；匆匆處理

slumber *v.* 睡眠；停止活動　　　　slump *v.* 垂頭彎腰地走 [坐]

slur *v.* 草率地辦；含糊地發音　　　slake *v.* 平息 (怒氣)；消除 (怨恨)

㈢名詞表「質地鬆弛之物；個性懶散的人」：

slag *n.* 礦渣，爐渣　　　　　　slough *n.* 泥沼；沼澤

sleet *n.* 雨雪，夾著雨的雪　　　sludge *n.* 泥濘；雪泥

slop *n.* (道路的) 積水，泥濘　　slush *n.* 泥濘；雪泥

slime *n.* (河底等的) 淤泥　　　　slut *n.* 邋遢的女人

sloth *n.* 怠惰；懶散　　　　　　slattern *n.* 邋遢懶散的女人

⑵質地鬆弛之物，容易鬆動，甚至有滑動現象，因此可引申有「滑，滑動 (sliding movement)」的意思。

【例】slide *v.* 滑；使滑動　　　　　　sly *adj.* 狡猾的；狡詐的

slip *v.* 滑溜；滑落　　　　　　slope *n.* 坡；斜面

slither *v.* 滑動；滑行　　　　　slant *n.* 傾斜；歪斜

slink *v.* 溜走；潛逃

slick *adj.* 光滑的；滑溜的

sleek *adj.* (毛皮或頭髮) 光滑的

slippery *adj.* (路面、地板等) 滑溜的，
　　　　　容易滑的

sled *n.* 《美》(兒童用的) 小型雪車

sledge *n.* 《英》(供人乘坐的) 雪車

sleigh *n.* (用馬拖拉的) 雪橇

● 4.19.4　簡介輔音群 sm- 的語音與語義之對應性

　　sm- 是由清聲齒齦擦音 (voiceless alveolar fricative) /s/ 與雙唇鼻音 (bilabial nasal) /m/ 組合而成，其中 /s/ 是增強與雙唇有關的聲音或動作。/m/ 的發音方式是雙唇緊閉，軟顎低垂，堵住口腔的通道，讓氣流從鼻腔流出，同時振動聲帶。舉 smack (*v.*) 為例，為品嚐某物的滋味，人們常咂著雙唇吃或喝；有時為親吻親人或情人，也會咂唇作響，發出擬聲詞 (s)mack。此外，有時用掌心啪地一聲打下去的動作，也會發出擬聲詞 (s)mack。

(1)本義表示「咂著雙唇所發出的聲音或動作」，如緊閉、觸碰等。

　　【例】smack *v.* 有…的滋味，咂著嘴吃或喝；響吻，出聲地吻；

　　　　　　　　　啪地一聲拍擊，掌擊

　　　　　smile *v.* 微笑 (與雙唇有關)

　　　　　smirk *v.* 假笑，得意地笑 (與雙唇有關)

　　　　　smother *v.* 悶死，使窒息

　　　　　smoulder *v.* (火、薪材等) 冒煙悶燒

　　　　　smoke *n.* 煙 (悶燒會產生煙)

　　　　　smog *n.* 煙霧

　　　　　smart *v.* (傷口) 刺痛，引起劇痛 (因觸碰而引起劇痛)

　　　　　smarm *v.* 討好，拍馬屁 (觸碰的動作)

　　　　　smite *v.* 重打，猛擊 (觸碰的動作)

　　　　　smash *v.* (嘩啦一聲) 砸碎，打碎 (觸碰的動作)

　　【注意】-ap 或 -ack 都有「撞擊，揮打」之意，但為加強「猛力觸碰」之意，動詞常
　　　　　　用 -ash 接尾。試比較：

　　　　　　　　clap / clash (砰地相碰撞)

　　　　　　　　crack / crash (嘩啦一聲地衝撞或墜落)

slap / slash (用刀、劍等) 猛砍，亂砍

smack / smash (嘩啦一聲) 砸碎，打碎

⑵咂著雙唇可視為兩物觸碰互相摩擦，結果造成兩物都磨平了或都抹黑了，因此可引申為「磨平，磨光；抹黑，弄髒」之意。

【例】smooth *adj.* (表面) 平滑的，光滑的

smear *v.* (油，油漆等) 沾上；弄髒 (衣服)；抹黑 (名譽等)

smirch *v.* (以泥等) 玷污；玷污 (名譽等)

smutch *v.* (用煤煙等) 弄黑，弄髒

smudge *n.* (尤指擦過處留下的) 污跡；(墨水) 漬

◑ 4.19.5　簡介輔音群 sn- 的語音與語義之對應性

sn- 是由清聲齒齦擦音 (voiceless alveolar fricative) /s/ 與齒齦鼻音 (alveolar nasal) /n/ 組合而成，其中 /s/ 是增強與鼻子有關的動作或聲音。

⑴本義表「與鼻子有關的動作或聲音」。

【例】snarl *v.* (狗等) 露齒而吠　　　　snooze *v.* 打瞌睡

sneeze *v.* 打噴嚏　　　　　　snore *v.* 打鼾，打呼

sniff *v.* 咻咻地聞；以鼻吸氣　snort *v.* (馬等) 噴鼻息

snuff *v.* (以鼻) 用力吸入 (空氣、　snivel *v.* 流鼻涕

　　　氣味)；(動物) 嗅，聞　snuffle *v.* 作出呼呼鼻聲；用鼻音講

⑵為了不易被人察覺，說話者有時用鼻子而不用嘴發聲，象徵該動作暗中地、祕密地 (secretly) 進行，而唸 sn- 為首的字詞時，會很自然地皺起鼻子，因此該動作有輕蔑 (disdainful) 之意，引申義為「祕密地；輕蔑地」。

【例】snoop *v.* 窺探　　　　　　　snare *n.* (捕捉動物的) 陷阱

snitch *v.* 偷，竊取　　　　　snob *n.* 諂上傲下的人

sneak *v.* 鬼鬼祟祟地行動；潛行　sneer *v.* 嘲笑；譏笑

snide *adj.* 譏諷的　　　　　　snigger / snicker *v.* 竊笑；暗笑

sniffy *adj.* 冷淡對人的　　　　snail *n.* 蝸牛；動作緩慢的人

snotty *adj.* 傲慢無禮的　　　　snake *n.* (如蛇般) 陰險的人

snub *v.* 冷落 (晚輩等)　　　　snow *n.* 雪 (下雪比下冰雹，比下雨聲

音來得小，似乎是在暗中進
行)

◗ 4.19.6　簡介輔音群 sp- 的語音與語義之對應性

　　sp- 是由清聲齒齦擦音 (voiceless alveolar fricative) /s/ 與清聲雙唇塞音 (voiceless bilabial stop) 組合而成。/p/ 的發音方式是先緊閉雙唇，氣流完全阻塞，提升軟顎，封閉鼻腔，然後突放雙唇，壓縮在口腔內的氣流突然向外逸出，宛若水或其他液體的飛濺，而產生一種不振動聲帶的爆破音。因不振動聲帶，力量似乎不足，需靠外力協助，p 之前的 s 就是用來增強 p 突然向外蹦出 (bursting forth) 的動作。

⑴本義表示「嘴唇張開向外快速迸出的動作，常跟水或其他液體有關」。

【例】spew v. (水、煙等) 噴出；嘔吐　　　spit v. 吐 (唾沫、血、食物等)

　　　spurt v. (液體等) 迸出，噴出　　　spatter v. 潑 [灑](水、泥等)

　　　sputter v. 噴濺 (唾沫、食物等)　　　sparkle v. (寶石等) 散發光澤

　　　spin v. (蜘蛛、蠶等) 吐 (絲)，織 (網)　spate n. (河水的) 氾濫，洪水；

　　　spider n. 蜘蛛　　　　　　　　　　　　　　　　(感情的) 併發；大量

⑵嘴唇張開向外快速迸出的動作，包括喋喋不休地說話、噴濺唾沫唾棄他人等，因此引申含有「說話或唾棄」之意。

【例】speak v. 說，講　　　　　　　　spurn v. 唾棄 (請求、提議等)

　　　spout v. 滔滔不絕地講　　　　　spoof v. 揶揄，戲謔地模仿 (詩文等)

　　　sputter v. 急切而語無倫次地說　　spite n. 惡意，心術不正

　　　spat n. 小爭吵，口角

⑶人通常張開嘴唇向外做出快速迸出的動作，該動作常有「潑、灑、散」的傾向，而潑、灑、散後的結果，常是零散、稀疏的，而非集中於一處，因此引申含有「潑，灑，散；零散」之意。

【例】sparse adj. (人口) 稀少的；(頭髮等) 稀疏的

　　　sporadic adj. 零星的，分散的

　　　span n. 指距；(有限的) 時間 (手指張開時，拇指尖至小指尖的長度)

　　　spent adj. 筋疲力竭的；失去效能的；(魚等) 產過卵的

　　　spendthrift n. 亂花 [撒] 錢的人；揮霍者

spawn *n.* (魚、蝦、蛙等一次產下的) 卵

　　　　spore *n.* 孢子；芽孢；種子 (為繁殖下一代，必須先撒種)

⑷物體 (如水、火花) 噴出時，由於速度很快，宛如一支射出的箭，在視覺上有尖銳感，因此另一引申義為「快速；尖銳」。

　　【例】speed *n.* 快速　　　　　　　　　spit *n.* 烤肉叉

　　　　　spear *n.* 矛　　　　　　　　　　spur *n.* 馬刺；(登山鞋的) 釘

　　　　　spike *n.* 長釘　　　　　　　　　spine *n.* (豪豬、仙人掌等的) 針，刺

　　　　　spire *n.* (教堂的) 尖塔　　　　　spineless *adj.* 無針 [刺] 的；優柔寡斷的

◑ 4.19.7　簡介輔音群 spl- 的語音與語義之對應性

　　spl- 是由 sp- 與 pl- 組合而成。sp- 的本義為「嘴唇張開向外做出快速迸發的動作」，而 pl- 的本義為「物體撲通落入水中之動作」，這兩者都跟水有關。綜合這兩者之本義，spl- 之本義可定為「向外快速迸發的動作，如潑、灑、散，或跟水及其他液體有關」。

　　【例】splash / splatter *v.* 潑濺 (水、泥等)

　　　　　splutter (=sputter) *v.* 噴濺唾沫 (或食物)

　　　　　split *v.* 劈開；裂開 (物體向外散開)

　　　　　splay *v.* 使向外張開

　　　　　splinter *n.* (木材、玻璃、砲彈等的) 碎片，裂片

◑ 4.19.8　簡介輔音群 spr- 的語音與語義之對應性

　　spr- 是由 sp- 與 pr- 組合而成。sp- 之本義為「嘴唇張開向外做出快速迸發的動作」，而 pr- 的本義為「向前移位、向前戳刺」。綜合這兩者之本義，spr- 之本義可定為「向外或向前快速迸發的動作」，如噴灑、爆開、跳過、伸開等。

⑴本義為「向外或向前快速迸發的動作」。

　　【例】spray *v.* 噴灑 (液體)；(如浪花般) 濺散　　sprint *v.* (短距離) 全速奔跑，衝刺

　　　　　sprinkle *v.* 灑 (液體)，撒 (粉末狀物)　　　sprain *v.* 扭傷 (手腕、腳踝等)

　　　　　sprout *v.* (種子、植物) 爆出嫩芽　　　　　sprawl *v.* 伸開四肢而臥 [坐]；

　　　　　spread *v.* 伸展；張開；攤開　　　　　　　　　　　　(植物等) 蔓延叢生

　　　　　spring *v.* 跳躍，躍起

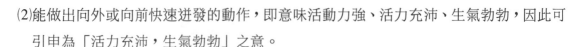

(2)能做出向外或向前快速迸發的動作，即意味活動力強、活力充沛、生氣勃勃，因此可引申為「活力充沛，生氣勃勃」之意。

【例】sprightly *adj.* 輕快的；活潑的；活力充沛的

◑ 4.19.9　簡介輔音群 squ- 的語音與語義之對應性

由於 qu 連起來讀成 [kʷ]，/k/ 的發音位置在軟顎，而 /w/ 的發音位置在雙唇，二者相距甚遠，要在瞬間完成 /kʷ/ 的發音，唇舌的動作勢必要快，因此，/kʷ/ 具有「快速」之本義。因受 1066 年征服英國的諾曼人所講的法語影響，qu 的組合替代了古英語的 cw (kw)。s 現與 qu- 組合成 squ-。其中 s 是用於增強 qu- 的快速性，但動作若加快，難免會產生「顫動；驚慌；壓縮，壓擠」等情況，而這些動作往往會伴隨著「刺耳尖銳的聲音」(本義)。

【例】squeeze *v.* 壓擠，壓榨　　　　squeal *v.* 發出長而尖銳的叫聲

squash *v.* 壓碎，壓扁　　　　squeak *v.* (老鼠等) 吱吱叫

squelch *v.* 壓碎，鎮壓；喀喳作響　　squawk *v.* (鳥受驚嚇而) 嘎嘎叫

squall *n.* (疼痛等引起的) 高聲喊叫；　squib *n.* 小爆竹 (爆竹爆破的擬聲字)

　　　　短暫的騷亂

squabble *v.* (為瑣事) 爭吵

◑ 4.19.10　簡介輔音群 st- 的語音與語義之對應性

st- 是由清聲齒齦擦音 (voiceless alveolar fricative) /s/ 與清聲齒齦塞音 (voiceless alveolar stop) /t/ 組合而成。Anderson 和 Ewen (1987) 都認為 /t/ 在發音時，舌尖向上，抵住上齒齦，其位置具有「尖端性 (apicality, sharp extremities)」。因此，/t/ 是屬於輔音中的尖音 (acute) 而非鈍音 (grave)，/s/ 的發音部位也在齒齦處，也是屬於尖音，同性質的音結合在一起，力量顯得更穩定、更堅固。

(1)本義表「穩定性、牢固性、靜態性 (fixity, firmness or stillness)」。

【例】(甲)形容詞：

stable 穩定的，牢固的　　　　stern (表情等) 堅決的；嚴肅的

stabile 穩定的，固定的　　　　stiff 僵硬的；不易變曲的；堅實的

staid 穩重的，沉著的　　　　still 靜止的，不動的

stalwart 意志堅定的；(身體) 健壯的　stolid 不動感情的；古板的

stark 《古》結實的;(屍體等) 僵硬的

static 靜態的

staunch (人等) 忠實可靠的;
　　　　(物) 堅固的

steady 穩定的;穩固的

stagnant (水等因不流動而) 變臭的;
　　　　(經濟等) 停滯的

stout 堅固的;牢固的

stubborn 頑固的;堅決的

sturdy (物) 堅固的;
　　　　(人、身體) 強壯的

stouthearted 頑強的,剛毅的

steadfast 堅定的;不動搖的

㈡動詞:

stand 站立不動

stare 凝視,盯著看

steer 掌 (船的) 舵;
　　　掌 (車等的) 方向盤

stick 把 (尖物) 刺入 [穿入,插入];
　　　釘住,黏住,使固定

stickle (為瑣事) 固執己見;斤斤計較

stiffen (物) 變僵硬;(意志等) 變堅強

sting (以動 [植] 物的刺) 扎,螫

stop 停止,中斷 (行為、活動)

stuff 填滿;使塞滿

stun 使 (人) 目瞪口呆;使昏迷

stifle 使窒息;悶死

㈢名詞:某物本身象徵「穩定、牢固或靜態」,或「會給予他物牢固的支撐」

(a)穩定,牢固或靜態:

statue 雕像,塑像

star 恆星 (fixed star)

steroid 《生化》類固醇

stick 棍,棒,杖,枝條,柴枝

stone 石頭,石塊

steel 鋼鐵

sty (可安穩地飼養豬仔的) 豬圈,豬棚,豬欄

steak (用烤肉叉叉住的) 牛排,肉排,魚排 (以備煎炸之用)

stall (馬廄內的) 隔欄;(商場或集市上的) 攤位;(劇場的) 座位

start (比賽中) 先起跑的優勢,領先的位置,有利的立場

stairs 樓梯 (供人畜上下樓)

stile (籬或牆) 兩側的臺階 (供人畜越過用)

stirrup 馬鐙，鐙具 (如自行車的腳鐙)

standstill 停止；停滯

(b)給予他物牢固支撐之物：

staff (步行、登山等用的) 杖，棒，竿

stake 籬笆樁；火刑柱；柵欄柱

staple (固定電線的)U 形釘子；訂書針

starch (漿衣服等用的) 漿 (使衣服等變硬)

stack (三支步槍支起的) 三角槍架

stacks (圖書館的) 書架；書庫

standard (燈臺等的) 直立的支柱，支座

stay (船桅的) 支索，(旗杆等的) 牽索，支柱

stud (大門、盾、皮件等上的) 飾釘，嵌釘，大頭釘

stilt (水上或坡上房屋的) 支柱，樁柱

stub (樹木的) 斷株，殘根

stump (樹木的) 殘株；(已折斷的牙齒之) 根

stubble (麥、稻等的) 殘梗，殘株

stalk (植物的) 莖；梗 (如葉柄、花梗等)

stem (樹木的) 幹；(花草的) 莖；(花朵、葉片、果實等的) 梗

(2) t 的本義之一表伸腳出去做「走路、行走」的動作，腳的踩踏聲通常很沉重，但用 [t] 的清脆音質來表行走聲，難免步履蹣跚，步伐不穩。為使走路的腳步穩當或加重腳步聲，則需靠外力支援，t 之前的 s 就是用來增強走路、行走的動作，因此 st- 的另一本義表「踩、踏、跺、逃等」。

【例】 start *v.* 動身走，出發

step *v.* 踩，踏；步行

stalk *v.* 昂首闊步地走；悄悄跟蹤 [靠近](動物、敵人等)

stampede *v.* (畜群等受驚) 忽然逃竄；(受驚人群) 逃竄

stomp *v.* 重踩；重踏

stump *v.* (如裝義肢般) 沉重地走；呱嗒呱嗒跺步走

(3)古代一向是男主外女主內，男性象徵一家之主，收入的支撐者，就像 t 音是來穩固 s 音一樣，因此另一引申義為「雄性」。

【例】stag *n.* 雄鹿 　　　　　　　steed *n.* 駿馬，戰馬

stallion *n.* 種馬 　　　　　　　steer *n.* 四歲以下的小公牛

◑ 4.19.11　簡介輔音群 str- 的語音與語義之對應性

str- 是由 st- 與 tr- 組合而成。st- 的本義是指「增強走路、行走的動作如踩、踏、踩等」而 tr- 的本義為「穩當或沉重的腳步行走」。綜合這兩者之本義，str- 之本義可定為「用力伸出雙腳行走」。

【例】stray *v.* 走散，走失 　　　　stroll *v.* 散步，閒逛

stride *v.* 邁大步走 　　　　　　strut *v.* 趾高氣昂地走

struggle *v.* 艱難地行路；掙扎前進

◑ 4.19.12　簡介輔音群 sw- 的語音與語義之對應性

清聲齒齦擦音 (voiceless alveolar fricative) [s] 與濁聲雙唇滑音 (voiced bilabial glide) [w] 都是不費力的音 (effortless sounds)，而且二者發音的部位又相近，因此，很容易就組合在一起。發 [w] 時，雙唇成圓唇狀並且向前向外突出，振動聲帶，舌頭保持發 [u] 時的前後位置，然後把舌位往上抬高一些，但不要與上顎產生摩擦，便可以產生 [w]。由於 /w/ 的發音部位較不確定，有的語音學家認為發音部位在雙唇，有的認為是在軟顎，代表著這個語音的發音部位是在滑動的，而非穩定的。在此輔音群中，[s] 仍是用來增強 [w] 的滑動性。

(1)本義表 「滑動或搖擺不定地向前或向外的動作 (forward or outward movements of a gliding character)」。

【例】sway *v.* 搖擺；彎 [轉] 向一邊 (搖擺的動作)

swing *v.* (向前後或左右) 擺動；(突然) 轉向，轉身 (搖擺的動作)

swim *v.* 游泳；漂浮；滑行 (搖擺的動作)

swirl *v.* (水、空氣等) 渦漩，渦動 (搖擺不定的向前向外的動作)

swivel *v.* (在轉體或支樞上) 使旋轉，使轉動 (搖擺不定的動作)

swindle *v.* 欺騙 (某人或金錢) (說話搖擺不定)

swallow *v.* 吞下，嚥下 (往喉嚨方向滑動)

swill *v.* 痛飲，貪婪地吃 (往喉嚨方向滑動)

swerve *v.* (汽車、板球等) 突然轉向；逸出正軌 (向外的動作)

swash *v.* (水等) 濺起；(水等) 發出拍擊聲 (向外的動作)

swell *v.* 腫脹；凸出，鼓起 (向外的動作)

swagger *v.* 大搖大擺地走，昂首闊步而行 (向前的動作)

swank *v.* 擺闊氣，炫耀 (向外的動作)

swathe *v.* 以繃帶包紮 (向前或向外的動作)

swat *v.* (用球棒、球拍、蠅拍等的) 重拍，猛擊

(2) [s] 與 [w] 都是不費力的音，具有輕飄飄的特性，而且二者發音的部位又相近，其辨音成分又都是齒齦前 (+ anterior)，因此可輕快地組合在一起，其本義也可表「輕快」之意。

【例】sweat *v.* 冒汗，流汗 (天熱時，汗水輕易地流出)

swelter *v.* 熱得難受，熱得出汗 (天熱時，汗水輕易地流出)

swan *v.* (如天鵝般) 悠閒地逛

swipe *v.* 刷卡

swoop *v.* (猛禽等捕食時) 飛撲

sweep *v.* 使快速移動，掃描

swift *adj.* 快捷的

● **4.20 簡介字母 t 的語音與語義之對應性**

/t/ 在發音語音學上列為清聲齒齦塞音 (voiceless alveolar stop)。發音的方式是雙唇微開，不顫動聲帶，舌尖向上，抵住上齒齦且閉住氣流，當舌頭離開齒齦時，閉住的氣流突然由口腔逸出而發出爆發音 [t]。

(1) 發 [t] 時，舌頭必須向前，抵住上齒齦，這很像人把手伸出去做「拉、拖、投、抱、碰、摸、拴、捆、拿、撕、弄、伸、搔」的動作，因此本義表「伸手做的動作」。

【例】tug *v.* 用力拉　　　　　　　tap *v.* 輕拍，輕敲，輕打

tighten *v.* 拉緊　　　　　　　take *v.* (用手) 拿取，抱，握

tauten *v.* 拉緊 (繩網等)　　　　tear *v.* 撕裂，扯破

tow *v.* 用繩拖引 (船、汽車)　　tamper *v.* 亂弄，瞎弄

toss <i>v.</i> 輕投，輕擲	tender <i>v.</i> (向某人) 提出，提供
tackle <i>v.</i> 抓住 (小偷等)	tip <i>v.</i> 輕碰
tousle <i>v.</i> 弄亂 (頭髮等)	touch <i>v.</i> (用手等) 摸，碰
tie <i>v.</i> (用繩索、帶子) 捆綁，拴	tuck <i>v.</i> (用手) 把…塞進
tangible <i>adj.</i> 可觸摸到的	toil <i>v.</i> 辛勞工作
contact <i>v.</i> 接觸，觸碰	tickle <i>v.</i> 搔癢；呵癢
attach <i>v.</i> 繫上，拴上	titillate <i>v.</i> 搔癢；呵癢
tether <i>v.</i> 將 (牛、馬等) 以繩拴緊	tit for tat 以牙還牙，一報還一報

(2)發 [t] 時，舌頭必須向前，抵住上齒齦，這很像舌頭伸出去做「嚐味、試味」的動作，也可能做「講話、授課、嘲笑」的動作，因此本義也表「伸舌做的動作」。

【例】

taste <i>v.</i> 嚐，品嚐	teach <i>v.</i> 教授，教導
attempt <i>v.</i> 嘗試，試圖	tutor <i>v.</i> 以家庭教師身分教
test <i>v.</i> 試驗，測試	tutelage <i>n.</i> 指導，監督
tempt <i>v.</i>《古》嘗試，試驗；誘惑 (人做壞事、行樂)	tutor <i>v.</i> (當家教) 教導 (某人)
tang <i>n.</i> 強烈的味道；特有的味道	titter <i>v.</i> 竊笑
tentative <i>adj.</i> 試驗性的，暫時的	tease <i>v.</i> 取笑，嘲笑
talk <i>v.</i> 說話，講話	taunt <i>v.</i> 譏嘲，嘲弄
tell <i>v.</i> 說，講，告訴	tout <i>v.</i> 招徠顧客；兜售 (商品等)
	tattle <i>v.</i> 喋喋不休地說；閒談

(3)因鐘、鈴等也有舌，若上下左右搖晃，也會使鐘、鈴等發出響聲，因此衍生出引申義「鐘、鈴等之聲響」。

【例】 ting / tinkle <i>v.</i> (鈴等) 發出叮噹聲
    toot <i>v.</i> (喇叭、笛子、號角等) 嘟嘟響
    toll <i>v.</i> 鳴 (晚鐘、喪鐘等)；敲鐘報 (時)
    tattoo <i>v.</i> 有節奏地連續敲打 (鼓等)

(4)發 [t] 時，舌頭必須向前，抵住上齒齦，這很像腳伸出去做「走路、行走」的動作，但腳的踩踏聲通常都很沉重，這與 [t] 的清脆音質 (a light, sharp sound) 不調和，造成走路不穩，走起路來跌跌撞撞，本義表「伸腳做的動作」。

【例】totter v. 蹣跚，跌跌撞撞　　　　　　tumble v. 跌跌撞撞地走

　　　toddle v. (幼兒學步時) 蹣跚行走　　　tend v. (道路等) 通往，通向

　　　teeter v. 蹣跚地走　　　　　　　　　tour v. 旅遊，旅行

(5)發 [t] 時，舌尖向上，抵住上齒齦，其發音位置具有尖端性 (sharp extremities)，因而引申義為「尖端物或類似尖端物」。

【例】tag n. (標姓名、定價等的) 牌子，　　toe n. 腳趾

　　　　　標籤；(衣服的) 小墜飾　　　　tooth n. 牙齒

　　　tail n. (動物的) 尾巴　　　　　　　top n. 頂端，上方

　　　taper n. 細蠟燭；(點火用) 燭蕊　　　tower n. 塔，樓塔

　　　　　v. 變尖；逐漸變小　　　　　　turret n. (城堡的) 高樓；

　　　teat n. (哺乳動物的) 乳頭　　　　　　　　　(建築物的) 小塔，角樓

　　　tine n. (叉子等的) 齒　　　　　　　tusk n. (象、山豬等的) 長牙

　　　tip n. 尖端

● 4.20.1　簡介輔音群 tr- 的語音與語義的對應性

　　tr- 是由清聲齒齦塞音 /t/ 與齒齦捲舌音 /r/ 組合而成。字母 t 的本義之一表「走路不穩，蹣跚而行」，但與強音 [r] 組合則可增強雙腳走路的穩定性。

(1)本義表「以穩當或沉重的腳步行走」。

【例】trail v. (疲累地) 拖著腳走　　　　　trace n. (人、動物、事件等通過的) 足

　　　tramp v. 用沉重的腳步走　　　　　　　　　跡，痕跡，行跡

　　　traipse v. (指女性) 遊蕩　　　　　　track n. (人、動物的) 足跡；蹤跡；(車

　　　trample v. 踐踏；踩爛 [碎]　　　　　　　　的) 車轍；(飛機等的) 航跡

　　　trend n. 趨向；(道路、河流、山脈等　traffic n. 交通；交通量

　　　　　的) 方向，走向　　　　　　　　trap n. 陷阱，圈套

　　　trek v. 作長途艱辛的旅行　　　　　　travel v. (長途) 旅行

　　　tread v. 行走，踩出 (路等)　　　　　travail n. 勞苦，辛勞 (1300 年以前

　　　trot v. 快步走　　　　　　　　　　　　　　travel 指的是 travail 'labour,

　　　trudge v. 腳步沉重地走　　　　　　　　　　fatigue'，可見在當時旅行的

　　　trans- pref. 表示「橫越，越過」　　　　　　舟車勞頓是很折磨人的)

⑵人走在路上時，腳並非只是表面接觸路面而已，而是緊壓著路面，一步一腳印踏踏實實的行進，因此可引申含有「誠實可信」之意味。

【例】troth *n.* 忠實，誠實　　　　　　　truth *n.* 真實，真理

betrothal *n.* 訂婚；婚約　　　　　trust *n.* 信賴，信任

trow *n.*《古》信任，相信　　　　　truism *n.* 公理，明白的事

truce *n.* 休戰，停火　　　　　　　trunk *n.* (自然界緊壓著路面之物) 樹

true *adj.* 真實的　　　　　　　　　　　　幹

◑ 4.20.2　簡介輔音群 tw- 的語音與語義之對應性

tw- 是由清聲齒齦塞音 /t/ 與雙唇滑音 /w/ 組合而成。發 [t] 時，舌尖向上，抵住上齒齦，而發 [w] 時，雙唇突出撮合成圓形。因此兩音合唸，很像人把手伸出去觸摸 (touch) 某物，並在拇指與食指之間，撮、擠、捻、夾、彈、扭、轉 (pinch) 某物，就如同把雙唇撮合成圓形。

⑴本義表「某物在拇指與食指之間，做撮、擠、捻、彈、夾、扭、轉等的動作」。

【例】twang *v.* (絃樂器) 發出撥絃聲；　　twit *v.* 嘲笑，揶揄，挖苦

　　　　　使 (絃樂器) 噹地作響　　　　twitch *v.* (肌肉等) 抽動，使痙攣 (彷彿

tweak *v.* 捏，抓，擰 (耳、鼻等)　　　　絃樂器的絃被彈)

twiddle *v.* 轉動 (手指)；(用手) 玩弄　twinge *v.* (身體、內心的) 劇痛，刺痛

twine *v.* 捻，搓 (繩、線等)　　　　　　(彷彿絃樂器的絃被彈)

twirl *v.* 捻弄 (鬍子、頭髮等)；使旋轉　twinkle *v.* (星等) 閃爍 (彷彿星星被扭

twist *v.* 捻，搓 (線、繩等)　　　　　　到而發生「抽筋」現象)

⑵某物在兩指 (拇指與食指) 之間做撮、擠、捻等動作，因此衍生出引申義「二，雙，兩」。

【例】two *n.* 二，二個

twain *n.*《古‧詩》二；兩個

twice *adv.* 兩次

twelve *n.* 十二，十二個 (人或物) (源自古英語 twelf (= two left)，其義為「數

　　　　　完了十還剩下二」)

twenty *n.* 二十 (十的兩倍) (源自古英語，其義為 'twice ten')

twin *n.* 雙胞胎之一

twine *n.* 二股 (或多股) 的線， 捻線，合股線

tweezers *n.* 鑷子，拔毛鉗

twig *n.* 細枝，嫩枝 (源自古英語 twig 'consisting of two')

twill *n.* 斜紋織品 (源自古英語 twilic 'having a double thread' 織物有二條平行的斜紋線)

● 4.21　簡介字母 u 的語音與語義之對應性

/u/ 在發音語音學上列為高後圓唇音 (high back rounded vowel)。發 [u] 時，雙唇突出撮合成圓形，牙床近於全合，舌後儘量抬高到接近軟顎，但不接觸軟顎的位置，便可發出像「烏」的聲音。

【注意】英語詞彙裡約四分之三都是外來語，借自法語、拉丁語、希臘語的詞彙特別多，研究字母語音與語義之對應性，有時必須考慮字源。比方說，借自拉丁語的字母 u，長音一律讀 [u]，短音一律讀 [ʊ]，但借入英語後，產生音變現象。下列例字中的字母 u 有些讀 [ʌ]，並非讀 [u] 音。

⑴因雙唇突出撮合成圓形，因而本義表「圓形物或類似圓形物」。

【例】bud *n.* 蓓蕾　　　　　　　　bundle *n.* 一捆

bun *n.* 小圓麵包　　　　　　dumpling *n.* 湯圓

bubble *n.* 泡，水泡　　　　　rump *n.* (動物的) 臀部

bulb *n.* 球莖

⑵圓滾滾的身體讓人直接聯想到肥胖，因此含有「肥胖，圓胖，腫脹」的引申義。

【例】chubby *adj.* (人、臉等) 圓胖的，　plump *adj.* 圓胖的，豐滿的

豐滿的　　　　　　　　　　buxom *adj.* (女性) 胸部豐滿的

dumpy *adj.* 矮胖的　　　　　bulge *n.* 腫脹；(物體) 鼓起 [凸出] 處

puffy *adj.* 膨脹的，腫起的　　bump *n.* (因碰撞所起的) 腫塊

turgid *adj.* 腫脹的，浮腫的　　tumor *n.* 腫瘤

protuberant *adj.* 凸出的　　　thumb *n.* 大拇指

tumefy *v.* 使腫起

● 4.22　簡介字母 v 的語音與語義之對應性

/v/ 在發音語音學上列為唇齒濁擦音 (voiced labio-dental fricative)。發音方式是下唇向上移，其內緣輕觸上齒，同時振動聲帶，因軟顎提升，通往鼻腔的通道關閉，大量的氣流進入口腔後，從上齒下唇中間的縫隙間摩擦逸出。因吐氣很強，所消耗的氣息 (breath) 比別的子音多，但響度卻很低，與 /f/ 相同，也可稱為徒勞無功的虛音。

⑴因為徒勞無功，白費力氣 (wasted or misdirected effort)，因而本義表「空，虛」。

【例】in vain *adv.* 無效地

vainglorious *adj.* 虛榮心強的

vacant *adj.* (職位等) 空缺的；

　　　　　(房間、席位) 空著的；

　　　　　(心靈、頭腦) 空虛的；

　　　　　茫然的

vapid *adj.* (飲料等) 走味的；乏味的

void *adj.*《法律》無效的，空缺的

vacuous *adj.* 空白的；心靈空虛的

vanity *n.* 空虛；虛榮心；浮華

vacuum *n.* 真空；(心靈的) 空白

vaunt *v.* 吹噓；誇耀

evacuate *v.* 撤空，撤離

vanish *v.* 消失不見

⑵氣流從上齒下唇中間的縫隙間摩擦逸出。因摩擦生熱，有熱就有活力、生命力，因此可引申為「活力，生命力 (vitality)」。

【例】vitamin *n.* 維他命

survivor *n.* 生還者

revival *n.* 復活，再生

verve *n.* 精力，活力

Viagra *n.*《商標》威而剛

vivacity *n.* 活潑；朝氣

viable *adj.* (胎兒) 能存活的；

　　　　　(種子) 能生長的

vivid *adj.* 栩栩如生的

vital *adj.* 生命的，有關生命的

verdant *adj.* 綠油油的；青蔥的 (綠色

　　　　　代表活力，生氣勃勃)

4.23　簡介字母 w 的語音與語義之對應性

/w/ 在發音語音學上列為濁聲雙唇或軟顎滑音 (voiced bilabial or velar glide)。發 [w] 時，雙唇成圓唇狀，振動聲帶，舌頭保持發 [u] 時的前後位置，然後把舌位往上抬高一些，但不要與上顎發生摩擦，便可發出 [w]。由於 /w/ 的發音部位較不確定，有的語音學家認為發音部位在雙唇，有的認為是在軟顎，代表著這個語音的發音部位是在移動，而非穩定的。

⑴本義表「不穩定、搖擺的動作 (unsteady, to and fro motion)」。

【例】wade *v.* (在河、溪等) 涉水而行　　waver *v.* 搖擺，猶豫不決

waddle *v.* (似鴨、鵝般地) 蹣跚而行

waft *v.* (香味、音樂、煙等) 飄送

wag *v.* 搖動 (尾巴等)

waggle *v.* 搖擺

wander *v.* 徘徊，流浪

warp *v.* 使 (木板等) 彎翹，使彎曲

welter *v.* (海浪等) 翻騰，澎湃

wobble *v.* (桌子、步伐等) 搖晃；(情緒
等) 動搖；(聲音等) 顫動

weave *v.* 織 (布等)；編 (籃子等)；
迂迴前進

weary *v.* 感到疲倦，疲勞
(古英語其義為 wander)

wind *v.* (道路、河流等) 彎曲，蜿蜒

wiggle *v.* (身軀、手腳) 抽動，移動

wigwag *v.* 來回搖擺，揮動

(2) 人若情緒不穩，一舉一動搖搖晃晃，難免被視為怪異 (weird)、不正常 (unusual)，因此
引申為「怪異，不正常」之意。

【例】 witch *n.* 巫婆

wizard *n.* 男巫師

warlock *n.* 魔法師

wonder *n.* (自然界的) 奇觀；奇蹟

weirdo *n.* 怪人 (指奇裝異服或習性
古怪的人)

weird *adj.* 怪異的

wicked *adj.* 邪惡的；不合理的

wild *adj.* 野生的；狂妄的；任性的

wanton *adj.* 放肆的；淫蕩的

◑ 4.23.1　簡介輔音群 wh- 的語音與語義之對應性

wh- [hw-] 是由喉擦音 /h/ 與雙唇滑音 /w/ 組合而成。發 [hw] 時，雙唇突出撮合成
圓形，中間留一小空間，氣流由此處流動出去，而造成類似吹熄蠟燭的「呼呼」聲，因
此本義表「與氣流流動有關的聲音或造成空氣流動的動作，如揮、拂、打等」。

【例】 whiz *n.* (箭、子彈掠過的) 颼颼聲

whisper *n.* (風、樹葉等的) 沙沙聲

wheeze *n.* 發出咻咻的喘息聲

whimper *n.* 啜泣聲，嗚咽聲

whoop *n.* (百日咳等患者的) 哮喘聲

whistle *n.* 口哨；(風等的) 颼颼聲

whine *n.* (狗等) 哀鳴聲；咻咻聲

whack *v.* (用棒) 猛力敲打

whip *v.* 鞭打

whiff *v.* (棒球等) 揮棒落空

whirl *v.* 旋轉；(汽車等) 疾駛

whir *v.* (馬達等) 呼呼地轉動

whisk *v.* 揮，拂 (灰塵、蒼蠅等)

whish *v.* 咻咻 [呼呼] 地移動

4.23.2　簡介輔音群 wr- 的語音與語義之對應性

　　wr- 是由雙唇滑音 /w/ 與齒齦捲舌音 /r/ 組合而成。發 [w] 時，雙唇圓皺其音較弱 (effortless sound)。發 [r] 這個強音，舌頭有點捲曲，與 [w] 組合則增強雙唇的圓皺度，其發音之嘴形將集「歪、扭、捲、繞、曲、皺」之大成。

　　【注意】中古英語的輔音群 wr-，起首的 [w] 在早期現代英語裡已成為啞音。

　　　　　　試比較：

$$\begin{cases} 中古英語 \ wrōng[wrɔːŋg] \\ 早期現代英語 \ [rɔːŋg] \end{cases}$$

本義表「歪、扭、捲、繞、曲、皺」。

【例】wrap *v.* 包，纏繞

wreathe *v.* 扭曲，盤繞

wrench *v.* (用力) 扭轉

wrestle *v.* 摔角；扭打

wrest *v.* (用力) 扭去，擰掉

wriggle *v.* 扭動 (身體)；(蚯蚓等) 蠕動

wrinkle *v.* 使起皺紋

wring *v.* 擰乾 (濕的東西)

writhe *v.* (因疼痛而) 扭動身體

wrangle *v.* 口角，爭執 (到扭打)

wrong *adj.* 錯誤的，不合適的 (源自古英語 wringan，意為扭曲，曲解)

wry *adj.* 扭歪的

wrist *n.* 腕 (此處能扭、能轉)

wroth *adj.*《古語》激怒的，極憤怒的

wrath *n.* 憤怒 (到整個臉扭曲變形)

wretch *n.* 可憐的人，不幸的人 (因做錯事，被人放逐；源自古英語 wrecca 'outcast, exile' 意為某人捨棄故鄉，流亡異域，想想是不是很可憐、很不幸？)

● 4.24　字母 x 無語音與語義之對應性，因此不討論。

● 4.25　簡介字母 y 的語音與語義之對應性

　　/y/ 在發音語音學上列為濁聲硬顎滑音 (voiced palatal glide)，因具有元音及輔音的雙重特性，有時候也稱為半元音 (semivowel) 或半輔音 (semiconsonant)。發 [j] 時，振動聲帶，舌頭保持發 [i] 時的前後位置，然後把舌位往上抬高一些，使貼近硬顎，但不要

與硬顎發生摩擦，便可以產生英語的 yes 開頭的 y [j] 音。

⑴ [j] 介乎元音和輔音的中間，出現在元音之前時，具有輔音的特性；出現在元音之後時，具有元音的特性。由此觀之，該音尚未定型 (fossilized)，可能近朱者赤，近墨者黑，尚具有屈折變形之潛能 (latent power)，頗似壓縮的彈簧，蓄勢待發，因此本義為「有改變的潛能」。

【例】 youth *n.* 青年，青春時期，活力

young *adj.* 年輕的，少年氣盛的，無經驗的

yolk *n.* 蛋黃

yeast *n.* 發酵粉，酵母 (菌)

yellow *n.* 黃色 (紅、黃、藍三原色中最明亮的顏色，易於與他色搭配)

⑵ 舌位往上抬高一點，頗似壓縮的彈簧，忽然往上彈，因此可引申出「嘴部突如其來的猛烈動作」。

【例】 yap *v.* (小狗以尖短聲) 尖叫 　　yodel *v.* 用真假嗓音交替地唱 [叫喊]

yawn *v.* 打呵欠 　　yum-yum *interj.* 邊吃邊讚賞之聲

yell *v.* 大聲喊叫，嘶喊 　　Yuletide *n.* 耶誕節假期 (原意為 time

yelp *v.* (狗等) 吠叫 　　　　　　　　to yell with joy)

【注意】 ①許多今日以 y 為首的英語詞彙在古英語裡都是以 g 為首，即以 y 取代古英語 g = [y]。試比較：

現代英語	古英語
year	gear
yell	gellan
yes	gese
yet	giet
yelp	gielpan

②y 有時替代條頓語族中的字母 j。例如：

yacht *n.* 輕舟；遊艇 (借自荷蘭語 jaght，其中 y 替代字母 j)

● 4.26 簡介字母 z 的語音與語義之對應性

/z/ 在發音語音學上列為濁聲齒齦擦音 (voiced alveolar fricative)。發 [z] 時，振動聲

帶，雙唇微微張開，舌尖上提，跟上齒齦接觸，舌葉向下凹成一條孔道，或舌尖置於下排門齒之後，但二者並不完全阻塞，而是留下窄縫，讓氣流從那縫隙中擠出去而產生本義「滋滋」的摩擦聲。

(1)摩擦會產生熱而「滋滋」的摩擦聲很像水滴到熾熱的鐵板上，聲音聽來有熱或活力的感覺，因此具有「熱；活力」的引申義。

【例】sizzle *v.* (煎、炸食物時)　　　　　zealot *n.* 狂熱者，狂熱分子
　　　　　發出滋滋聲　　　　　　　　zestful *adj.* 熱心的

zap *n.*《美俚》活力，朝氣　　　　zip *n.* 精力 (= energy)，活力

zeal *n.* 熱心，熱中　　　　　　　craze *n.* 一時的狂熱，大流行

zoo *n.* 動物園 (動物具有充沛的活力與精力)

frizzle *v.* (油煎時) 發滋滋聲

(2)滋滋摩擦聲又像機車疾馳的飆車聲，因此又可引申出「快速的聲音」之意。

【例】zap *v.* 快速移動

zip *n.* (子彈劃空而過或布被撕裂時的) 尖嘯聲

zoom *v.* (飛機) 陡直地上升；(價值、費用等) 飛漲，猛增

whiz *v.* (飛機、子彈、箭等) 作颼颼 [隆隆] 聲飛馳而過

blitz *n.* 閃電戰

● 4.27　簡介字母 th 的語音與語義之對應性

　　th- 在發音語音學上列為齒間擦音 (interdental fricative)[θ] 或 [ð]。發音時，舌尖向前，置於上下齒之間，氣流自舌前與齒間所形成之狹縫中逸出，就可以發出齒間音。舌尖伸向前的動作，就好像人用手指指示某物 (pointer)，因此這個音的本義為取代手指或手勢「指示方向或方位 (direction)」。

【例】this *pron.* (指近處的人、物、事) 這，這個

that *pron.* (指稍遠地方的人、物、事) 那，那個

these *pron.* (this 的複數形) 這些

those *pron.* (that 的複數形) 那些

there *adv.* 在那裡，到那裡

thither *adv.*《古語》向那兒，到那兒

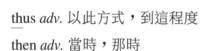

thus *adv.* 以此方式，到這程度

then *adv.* 當時，那時

◉ 4.27.1　簡介輔音群 thr- 的語音與語義之對應性

　　thr- 是由清聲齒間擦音 (voiceless interdental fricative) /θ/ 與齒齦捲舌音 /r/ 組合而成。由於發 [θ] 時，舌尖向前，置於上下齒之間，其後又有強而有力的 [r] 作推手，增加了向前衝刺的力量，因此本義表「推向前的動作 (forward action)」。

(1)本義表「推向前的動作」。

【例】throw *v.* 投，擲，拋　　　　　　thread *v.* 把線穿過針孔 [眼]

　　　thrust *v.* 用力推，推進　　　　　thrive *v.* 繁榮；茁壯生長

　　　thrill *v.*《古語》刺穿，穿透；(因恐怖、　thresh *v.* (把穀物) 脫穀；連續拍擊

　　　　　興奮等) 戰慄，震顫　　　　　threshold *n.* 門檻 (持續向前走以跨過

　　　　　　　　　　　　　　　　　　　　　大門之橫木)

(2)推向前的動作會逐漸地穿過、通過某物或某處，因此衍生出引申義為「貫穿或通過」。

【例】through *prep.* 穿過，通過　　　　thropple *n.* (尤指馬的) 咽喉

　　　throat *n.* 喉嚨，咽喉 (食物通過喉嚨而　throttle *v.* 扼 (人的) 喉嚨；使窒息

　　　　　嚥下)

(3)發 [θ] 時，舌尖向前，置於上下齒之間，其後又受強而有力 [r] 音的推擠，舌尖在口腔內似乎受到拘束而不自在，因此衍生出引申義為「束縛」。

【例】thrall *n.* 奴僕，束縛　　　　　　thrift *n.* 節約，節儉 (經濟上受束縛)

　　　threat *n.* 威脅，恫嚇 (身心受束縛)

◉ 4.27.2　簡介輔音群 thw- 的語音與語義之對應性

　　thw- 是由清聲齒間擦音 (voiceless interdental fricative) /θ/ 與濁聲雙唇滑音 (voiced bilabial glide) /w/ 組合而成。發 [θ] 時，舌尖向前，置於上下齒之間，此動作彷彿伸出扁平的舌頭去拍打上下齒或阻撓上下齒的咬合。其後的滑音 [w] 是用來加強擦音 /θ/，因此本義表「拍打；阻撓」。

【例】thwack *v.* (用棍棒或扁平物) 拍打，重擊

　　　thwart *v.* (使計畫等) 受挫；阻撓，反對

● 4.28　簡介輔音群 shr- 的語音與語義之對應性

　　shr- 是由清聲顎齦擦音 (voiceless palato-alveolar fricative) /ʃ/ 與齒齦捲舌音 /r/ 組合而成，ʃ-r-r-r-r 連在一起唸時，會感覺到嘴唇向前挪，撮唇成小圓尖形，因此本義表「小或尖」。

【例】　shrub *n.* 灌木，小矮樹

　　　　shrimp *n.* (食用的) 小蝦

　　　　shrivel *v.* 枯萎

　　　　shrink *v.* (布等) 縮短，縮小；

　　　　　　　(人) 畏縮

　　　　shred *v.* 撕碎　　*n.* 細條碎片

　　　　shrewd *adj.* (人、判斷等) 精明的；

　　　　　　　(目光) 銳利的

　　　　shrill *adj.* (聲音) 尖的，刺耳的

　　　　shriek *n.* 尖叫 (聲)

　　　　shrew *n.* 潑婦，悍婦 (說話聲音尖銳)

　　　　shrug *v.* (表冷漠、蔑視、厭煩等) 聳肩

參考書目

㈠中文部分

王世平。1997。〈語音表意 (擬聲詞) 的「語音結構」、「語意」及「字彙教學」〉。《第六屆中華民國英語文教學國際研討會論文集》。頁 556–572。

周慶華。1990。〈西方人用音思考中國人用形思考〉。《中央日報》7 月 24 日，《長河》，第十七版。

陳瓊玉。2001。《語音表義兼談其在英語教學上之啟示》。臺北：文鶴。

黃自來。1997。〈談加強詞彙教學研究之必要性〉。《第六屆中華民國英語文教學國際研討會論文集》。頁 322–331。

湯廷池。1996。〈從認知語言學「典型」的觀點談英語與漢語的詞類〉。《第十三屆中華民國英語文教學研討會論文集》。頁 1–8。

㈡英文部分

Anderson, J. M. and C. J. Ewen. 1987. Principles of Dependency Phonology. Cambridge: Cambridge University Press.

Bloomfield, Leonard. 1933. Language. New York: Holt.

Brown, R. and R. Nuttall. 1959. "Method in Phonetic Symbolism Experiments." Journal of Abnormal and Social Psychology 59: 441–445.

Cheng, C. M. and M. J. Yau. 1989. "Lateralization in the Visual Perception of Chinese Characters." Brain and Language 36: 669–689.

Fonagy, I. 1963. Die Metaphern in der Phonetik. The Hague: Mouton.

Harris, John. 1994. English Sound Structure. Oxford: Blackwell.

Iritani, Toshio. 1969. "Dimensions of Phonetic Symbolism: An Inquiry into the Dynamic-expressive Features in the Symbolization of Non-linguistic Sounds." International Journal of Psychology 4: 9–19.

Jespersen, Otto. 1922. Language: Its Nature, Origin and Development. New York: Holt.

Kaye, Jonathan. 1992. "Do You Believe in Magic? The Story of s+C Sequences." SOAS Working Papers in Linguistics and Phonetics 2: 293–314.

Kenstowicz, Michael. 1994. Phonology in Generative Grammar. Oxford: Blackwell.

Kreidler, Charles W. 1989. The Pronunciation of English. Oxford: Blackwell.

Kunihira, Shirou. 1972. "Phonetic Symbolism: Its Stability and Effects on Verbal Learning." Proceedings of the Annual Convention of the American Psychological Association 7: 481–482.

Sapir, Edward. 1929. "A Study in Phonetic Symbolism." Journal of Experimental Psychology 12: 225–239.

Slobin, Dan I. 1968. "Antonymic Phonetic Symbolism in Three Natural Languages." Journal of Personality and Social Psychology 10: 301–305.

Taylor, I. K. 1963. "Phonetic Symbolism Reexamined." Psychological Bulletin 60: 200–209.

Weiss, J. 1964. "Phonetic Symbolism Reexamined." Psychological Bulletin 61: 454–458.

Wescott, Roger. W. 1971. "Linguistic Iconism." Language 47: 416–428.

第二章

從字根語音轉換的觀點談記憶英文單字

■ 一、前　言

　　劉勰曾在《文心雕龍·章句篇》裡說過：「夫人之立言，因字而生句，積句而成章，積章而成篇。」由此可見，單字是遣詞造句最基本之要素，是任何語言的最重要成分，也是學習閱讀、寫作之前最先應具備之條件。為使我們的閱讀充滿樂趣，使我們的寫作得心應手，我們應積極地設法學習更多的單字來豐富我們可運用的字彙，以增加常用字彙的熟練度。❶

　　至於如何增加更多的單字呢？除了強記死背的方式外，目前中外英語教師所採用的方式，計有同義字、反義字、分析字首、字根、字尾，字音與字形類似對比法，依據上下文的語境猜測某字的意義，縱橫字謎 (crossword puzzles)，詞類轉換等，幾乎沒有英語教師利用字根的語音轉換 (sound-switching) 來訓練學生記憶英文單字，❷ 導致我國欲赴美留學的大學畢業生，經常敗在 GRE 艱深的字彙測驗上。

　　為了彌補此一缺失，本章將以格林法則 (Grimm's Law) 為本，並加以擴充，使其成為語音轉換之模式。藉此模式，可使原本簡單的字彙，轉換成深奧的字彙，也能使原本

---

❶　參閱 Alan 與 Beglar (2002: 261–262)。

❷　例如，金 (1987: 16–20) 認為學習英文單字有下列八個要訣：⑴字首法、⑵字尾法、⑶字幹法、⑷拆字法、⑸類似聯想法、⑹語音法、⑺拼字規則法、⑻卡記法。Robinett (1978: 134) 為增加單字而設計的練習，計有同義字、反義字、依據上下文的語境猜某字的意義 (Exercises related to word formation, synonyms and antonyms, and guessing the meanings of words from contexts are excellent means of increasing the vocabulary.)。Gairns 與 Redman (1986: 73–76) 認為教生字可用視覺技巧 (visual techniques) 與言語技巧 (verbal techniques)。前者包括使用閃視卡片 (flashcards)、照片 (photographs)、黑板繪畫 (blackboard drawings)、壁圖 (wallcharts) 與實物教材 (realia) 等；後者包括使用同義字關係與釋義法 (use of synonymy and definition)，對照法與反義字 (contrasts and opposites)，和等級法 (scales) 等。上列所舉四位英語教學學者都沒提到以「語音轉換」方式來教導學生記憶英語單字。

枯燥乏味的單字記誦，變為激發聯想、趣味盎然的推理活動。最後，希望此模式對艱深難記的字彙 (如 GRE 字彙) 教學上能有所貢獻。

■ 二、英語簡史

目前英語最大的特色之一在於繁雜的字彙，浩如煙海，所謂的「固有字彙 (native vocabulary)」，又稱「盎格魯撒克遜字彙 (Anglo-Saxon words)」，大多是指英人祖先盎格魯族與撒克遜族渡海建國時所帶來的，約佔現代英語字彙四分之一，其餘約四分之三的字彙都是外來語 (foreign vocabulary)，又稱借字 (borrowed words)。❸

英語是緩慢地在演變，其演變的歷史大致可分為下列四大時期：

⑴歐陸日耳曼時期 (西元 500 年以前)

【借字現象】除拉丁文借字外，本土日耳曼字彙仍然存在於現代英文最基本單字中，例如：sun, moon, lamb, life, death, mother, health, god；或字尾是 -ness, -some, -ship, -hood, -ly, -ton 等等。

【歷史背景】今日的大不列顛 (Great Britain)，原住民為賽爾特 (Celts) 民族，他們使用的是非日耳曼語系的賽爾特語 (Celtic)。從凱撒大帝至西元 499 年止，英格蘭被羅馬人佔領，但賽爾特人其國雖亡但民族不亡，今日英國的愛爾蘭人 (Irish)、蘇格蘭人 (Scots) 及威爾斯人 (Welsh) 都是賽爾特民族的後裔。

第五世紀羅馬帝國崩解後，羅馬人退出英國，導致內亂發生。在北方及西方的民族攻擊東方的賽爾特人，於是他們向歐陸日耳曼民族中之撒克遜人求助。撒克遜人與來自今日德國西北部及丹麥的部落，合稱為盎格魯撒克遜人 (Anglo-Saxons) 渡海前來救援，他們將賽爾特人趕到島的西部及北部，並建立盎格魯撒克遜的七國聯盟，其中盎格魯族所建的三國最大，全島因而改稱為盎格魯島 (Angla land，後改稱為 England)，其意思就是盎格魯人的土地 (land of the Angles)。從此時至西元七世紀末，他們所使用的語言就是古英語。

⑵古英語時期 (西元 500–1100 年)

【借字現象】從拉丁文 (尤其是教會用語) 和斯堪地那維亞語借字，也有少數字借自賽爾特語。

---

❸ Davies (1984) 提到，現今英語詞彙當中，源自於拉丁語和希臘語者，佔 80%，盎格魯撒克遜或日耳曼的固有詞彙佔 15%，其他語言則佔 5%。

【歷史背景】此一時期最重要的發展是西元九世紀時，阿弗烈大帝 (Alfred the Great) 在位期間，大力提倡學術，創辦學校，大量將拉丁文典籍翻譯成英文；另一方面，因為在此一時期英國開始信奉基督教，以拉丁文寫成的教規文字和其他拉丁文的日常用語一起大量借入英語。此外，從西元九至十一世紀，北歐維京人 (Vikings) 入侵英格蘭，使得英語又融入了斯堪地那維亞語 (Scandinavian)，因而產生一些英語與斯堪地那維亞語的雙式詞 (doublets)，例如：whole / hale, bench / bank, lend / loan 等。

⑶中古英語時期 (西元 1100–1500 年)

【借字現象】大量從法文的諾曼方言借字 (尤其是法律、政府、軍事、和生活中較精緻的物品用語)。例如：mortal, divine, veal, vital, sane，以及大多數以 -ence, -ance, -ity, -ville, -ion 等接尾的字。中古英語不但在字彙上，而且在文法結構上均與古英語大不相同，如古英語中許多的詞尾變化都大量簡化或消失。

【歷史背景】英語史上最重要的大事為西元 1066 年，諾曼人征服英國，結束了古英語時期，而進入中古英語時期。征服者威廉 (William the Conqueror) 摒棄斯堪地那維亞語而鍾愛法語及其文化。法語因此成為上流社會的用語，強勢的法國政治、軍事和文化力量對英文產生很大的影響，又因為法文係承自羅馬帝國時期的拉丁文，故借自法文的字有許多和拉丁文息息相關；西元 1204 年諾曼人在法國失勢，加上英法百年戰爭使得英法關係交惡，於是法文對英文的影響力漸漸減弱。

⑷現代英語時期 (西元 1500 年迄今)

【借字現象】借用拉丁與希臘字根大量造出科學領域的新字彙，例如：借自希臘文的 cardiac, stethoscope, pneumonic，借自拉丁文的 cervix, dental, occiput，還有源自世界其他語言的借字，如阿拉伯文、印度文、中文、日文、西班牙文、印地安語等。

【歷史背景】除印刷術的發明外，歐洲文藝復興運動也蔓延到英國，為因應蓬勃發展的文藝和科學領域的需求，英文大量自古典拉丁文和希臘文借字，也繼續向法文借字，由於拉丁文受到希臘文影響，法文又受到拉丁文的影響，因此英文的外來語三大來源就是：希臘文、拉丁文和法文。在此一時期 (約 15–16 世紀)，現代英語在語音方面最大的改變在元音的變化，即所謂的「大元音變化 (the Great Vowel Shift)」，使得現代英語元音產生提升現象 (vowel raising)，這是中古英語轉變為現代英語最重要的特徵之一。

十八世紀起，大英帝國開始拓展殖民地，增加了英語和外界的接觸，因此許多歐洲、亞洲、澳洲、非洲和美洲等各地語言的詞彙大量湧入英語中，但比起希臘文和拉丁文，

實在微不足道。

　　總而言之，古羅馬時期拉丁文借自希臘文，許多希臘字透過拉丁文間接進入英語，因此法文、拉丁文、希臘文成為英語詞彙的主要來源。文藝復興時期，英語新詞除了來自法文及拉丁文，希臘字也開始大量借入英語。因而 Denning 與 Leben (1995: 23) 把英語演變以下表表之。

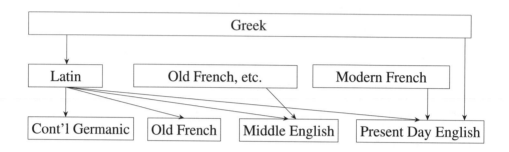

■ 三、語音轉換法則

　　語音轉換法則，以格林法則最有名。雅可布格林 (Jakob Grimm, 1785–1863) 在 1818 年出版了德語語法 (Deutsche Grammatik) 一書。在 1822 年該書的第二版中，格林提出了格林法則。[4] 此法則發表前，曾有丹麥語言學家拉斯克 (Rasmus Rask, 1787–1832) 在 1818 年首先發現日耳曼語言與印歐語言之間的一些輔音對應，但他主要應用於斯堪地那維亞的語言上。其後又有維爾納 (Verner)、格拉曼 (Grassmann) 和費克 (Fick) 等學者的修正和補充。但格林仍是最先有系統地描述 (describe but not discover) 完整語音轉換法則的歷史語言學家。

　　格林法則 (Grimm's law) 係以印歐語系 (Indo-European language family) 為範圍。這套法則可分為第一輔音轉換 (first consonant shift) 和第二輔音轉換 (second consonant shift)。第一輔音轉換法則是指古印歐語言 (Proto-Indo-European) 與古日耳曼語 (Proto-Germanic) 之間輔音對應的規則，然而第二輔音轉換法則是指高地德語 (High German)(為德國南部和中部使用的德語) 與低地德語 (Low German)(為德國北部和西部使用的德語) 之間所存在的輔音對應規律。現分別說明如下：

---

❹　有關格林法則，請參閱歷史語言學書籍，如 Lehmann (1973)，Arlotto (1972)，Aitchison (1981) 或語言學詞典，如 Hartmann 與 Stork (1972)。一般的語言學家談及格林法則，都以第一輔音轉換法則為主，偶爾言及第二輔音轉換法則。

㈠第一輔音轉換的現象，約發生在 600 B.C. 與 100 B.C. 之間

(1)古印歐語中的濁聲吐氣塞音 (voiced aspirated stops) bh、dh、gh 分別轉換成濁聲塞音 (voiced stops) b、d、g。[5]

(2)古印歐語中的濁聲塞音 (voiced stops) b、d、g 分別轉換成日耳曼語清聲塞音 (voiceless stops) p、t、k。

(3)古印歐語中的清聲塞音 (voiceless stops) p、t、k 分別轉換成日耳曼語清聲摩擦音 (voiceless fricatives) f、θ、x (> h initially)，其中 x 若在字首，則變成 h。

綜合以上所述，Aitchison (1991: 152) 將第一輔音轉換列成下表：[6]

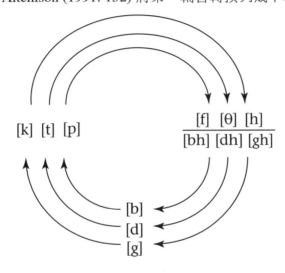

---

[5] Palmer (1972: 227) 在附註㈡裡指出，古印歐語濁聲吐氣塞音很有可能先演變濁聲摩擦音 *v, *ð, *ʒ, 然後才變成濁聲塞音 b、d、g。

[6] 何 (1987: 114–115) 也認為「在格林法則中的連鎖變化，有可能是從 *bh、*dh、*gh 開始的。古日耳曼人把 *bh、*dh、*gh 弱化成 b、d、g。為了與原有的 *b、*d、*g 保持區別，再把 *b、*d、*g 弱化成 p、t、k。又為了與原有的 *p、*t、*k 保持區別，再進一步把 *p、*t、*k 弱化為 f、θ、h。也可以說，格林法則是由 *bh、*dh、*gh 開始，一級一級往前推，所形成的一個推力連鎖 (push chain)」。但李 (1991: 460) 持相反的意見，認為從古印歐語到日耳曼支系，聲母演變的次序一定如下面所說的依 1，2，3 的順序。不可能倒過來依 3，2，1 的順序。

    1. *p, *t, *k > f, θ, x

    2. *b, *d, *g > p, t, k

    3. *bh, *dh, *gh > b, d, g

李的意見似乎認為格林法則是由 *p, *t, *k 開始，所形成的一個拉力連鎖 (drag chain)。本文不擬作進一步討論何者為是。

Indo-European		became	English	
[bh]	[bhero:] 'I carry'	⟶	[b]	bear
[dh]	[dedhe:mi] 'I place'	⟶	[d]	do
[gh]	[ghans] 'goose'	⟶	[g]	goose
[b]	No sure examples	⟶	[p]	
[d]	[dekm] 'ten'	⟶	[t]	ten
[g]	[genos] 'tribe'	⟶	[k]	kin
[p]	[pater] 'father'	⟶	[f]	father
[t]	[treyes] 'three'	⟶	[θ]	three
[k]	[kornu] 'horn'	⟶	[h]	horn

㈡第二輔音轉換的現象，約發生在 A.D. 500。

⑴高地德語的清聲塞音 (voiceless stops) p、t、k 先分別變成塞擦音 pf、ts、kx，
然後變成低地德語的摩擦音 f、s 和 x。參閱 Aitchison (1991: 156) 所舉下列之
例：

$$p \rightarrow pf \rightarrow f$$
$$t \rightarrow ts \rightarrow s$$
$$k \rightarrow kx \rightarrow x$$

Second Consonant Shift			Modern German			English
[p]	⟶	[pf]	[pf] / [f]	[pfeffə]	*Pfeffer*	'pepper'
[t]	⟶	[ts]	[ts] / [s]	[tsuŋə]	*Zunge*	'tongue'
[k]	⟶	[kx]	[kx] / [x]	[brexən]	*brechen*	'break'

⑵高地德語的濁聲塞音 (voiced stops) b、d、g 分別變成低地德語的清聲塞音
(voiceless stops) p、t、k。

$$b \rightarrow p$$
$$d \rightarrow t$$
$$g \rightarrow k$$

人類語言之語音轉換，大都遵守一個大原則，即原音與轉換而成的音，二者的發音
部位 (place of articulation) 必須相同或相近。格林法則也不例外，依據發音部位，可將其
第一和第二輔音轉換法則裡所轉換而成的音，分成下列四大類：唇音、齒音、軟顎音與
喉門音。

⑴雙唇音 (bilabial)
　　唇齒音 (labio-dental) ⎬ 合稱唇音　　p, b, bh
　　　　　　　　　　　　　　　　　　　　f, pf

(2)齒間音 (interdental) ⎫
齒齦音 (alveolar) ⎬ 合稱齒音
　　　　　　　　　　　⎭

θ

t, d, dh, s, ts

(3)軟顎音 (velar)　　　　　　　　k, g, gh, x

(4)喉門音 (glottal)　　　　　　　h

其中 p, b, bh, f, pf 五音互通，因 p, b, bh 為同發音部位音 (homorganic sounds)，所以互通。與 f, pf 互通，因發音部位相近，所以這二類可合併，合稱為唇音 (labials)。t, d, dh, s, ts, θ 六音互通，因其中 t, d, dh, s, ts 是同發音部位者，與 θ 互通，也是因為發音部位相近，二類也可合併，合稱為齒音 (dentals)。k, g, gh, x, h 五音互通，前四音稱之為軟顎音，因發音部位相同而互通。軟顎音與喉門音 h 的發音部位略為相近，因而也可以互通。

■ 四、如何利用語音轉換記憶英文單字

筆者在前一節已說明過語音轉換之原則，凡發音部位相同或相近之語音，彼此間可以轉換，本節將運用此原則，也就是以格林法則為基礎，加以擴充，說明如何利用語音轉換法則來記憶艱深難記的英文單字，特別是從拉丁文、希臘文或法文的字首、字根衍生而成的英文字彙，可避免學生機械式背誦與盲目學習。

首先請觀察下列這張英語輔音表：

發音方式 ＼ 發音部位		雙唇 bilabial	唇齒 labio-dental	齒間 inter-dental	齒齦 apico-alveolar	硬顎 palatal	軟顎 velar	喉門 glottal
塞音 stops	有聲 (濁)	b			d		g	
	無聲 (清)	p			t		k	
摩擦音 fricatives	有聲 (濁)		v	ð	z	ž		h
	無聲 (清)		f	θ	s	š		
塞擦音 affricates	有聲 (濁)					ǰ		
	無聲 (清)					č		
鼻音 nasals		m			n		ŋ	
舌邊音 lateral					l			
捲舌音 retroflex					r			
半元音 semivowels		w				j		

將表中屬於硬顎音的 š, ž, č, ǰ, j 分為二部分，前二者 š 和 ž 與齒音都具有區別成分 [+ continuant]，併為一類；而後三者 č, ǰ, j 與軟顎音都是 [– continuant]，故併為另一類。

然後歸類出下列五大類語音，每類語音彼此間可以轉換：

4.1　/p/, /b/, /f/, /v/, /m/

4.2　/w/, /v/

4.3　/θ/, /ð/, /t/, /d/, /s/, /z/, /n/, /š/, /ž/, /l/, /r/

4.4　/k/, /g/, /h/, /ŋ/, /j/, /č/, /ǰ/

4.5　/l/, /r/

為何上列語音可以轉換？不妨先動動口，體會各語音在舌頭、唇、齒齦、硬顎、軟顎、喉門的位置，或多或少便能了解其轉音的方式。我國學生最好先從下列簡易或已知的字根入手，藉著轉音方式，去推敲從拉丁文、希臘文或法文等借入的字根所衍生而成的字彙，而這些字彙有些是同源詞 (cognates)，只要了解其出處，便能輕而易舉地熟記這些字根。

● 4.1　/p/, /b/, /f/, /v/, /m/ 的轉換

這五個音的發音部位，皆在口腔前部的唇齒，因此極易互換。現舉下列例子證實之。所劃線的音，即是轉換的部分。

◗ 4.1.1　/p/ 轉換成 /b/

⑴ lip → lab

【例】bilabial《語音》雙唇音；labium 唇

⑵ pouch, purse → burs [7]

---

[7] 字根的意義有本義和轉義兩種：

⒜本義：一個字根所表示的原來意義，即只在邏輯意義上與之相關的事物或行為。

⒝轉義：一個字根由其本義中派生出來的意義，就是字根從一個事物的名稱轉為另一與之有某種共通點的事物或行為的名稱。包括轉喻義和引申義兩類。

轉喻 (metonymy) 是表明兩種事物名稱憑藉聯想來轉變本義的一種方式。譬如 burs 本義是囊 (pouch)，但女人的錢包外型上很像囊，所以轉喻為錢袋，因為錢袋裡存放著錢，更進一步轉喻為錢 (money)，這樣的解釋可謂曲徑通幽，但字義可循，參閱下列例子：

　　disburse 支付 (直譯：dis-'away' 錢離開錢包)；

　　reimburse 將 (錢) 償還 (直譯：re-'back', im- 'in' 錢又回到錢包)；

【例】bursa《解剖》囊；bursitis《醫》黏液囊炎；

　　　disburse 支出，支付；reimburse 退款，償還；

　　　bursar (大學內的) 會計員；bursary (大學內的) 會計室

4.1.2　/f/ 轉換成 /p/

⑴ flat → plat

【例】plate 盤；platform 講臺；plain 平坦的；

　　　plane 平面；platypus 鴨嘴獸；

　　　platitude 平凡；platter 大淺盤

⑵ father → $\left\{ \begin{array}{l} \text{pater} \\ \text{patr} \end{array} \right\}$ [8]

【例】patricide 弒父者；paternal 父親的；

　　　patriarchy 父權制社會；patrimony 世襲財產；

　　　expatriate 逐出國境；patriot 愛國者；

　　　repatriate 遣返回國 [9]

⑶ foot → $\left\{ \begin{array}{l} \text{ped} \\ \text{pod} \end{array} \right\}$ [10]

【例】biped 兩足動物；pedal 踏板；

　　　peddle 沿街叫賣；expedite 加速 (行動、進程等)；促進；

　　　pedestrian 行人；pedigree 家譜；(家畜的) 純種系譜（系譜圖形如鶴爪）；

---

　　　bursar (大學內的) 會計員 (直譯：-ar 'agent' 在管大學錢包的人)；

　　　bursary (大學內的) 會計室 (直譯：-ary 'place' 大學錢包放置的地方)。

至於引申義 (metaphorical meaning)，通常是從具體之義推演而形成抽象之義。譬如 heavy 的字根 heav 的本義是「重」之意，但它的本義推演而形成的引申義是「悲慘；憂鬱」，如 heavy news (悲慘的消息)，with a heavy heart (淒然地)。

❽ 以 er 接尾的字根 (root)，其後若接元音為首的字尾 (suffix) 時，則 er 中的元音必須刪略。

　　可用簡式表示：er → r / ＿＿ + V

❾ 拉丁字根 pater 其義為 father，也可解釋為 fatherland。例如：

　　遣返回國 repatriate (直譯：re-'back', -ate 'make' 把某人送回祖國)，

　　逐出國境 expatriate (直譯：ex-'away', -ate 'make' 使某人離開祖國)，

　　愛國者 patriot (直譯：-t 'one who' 愛祖國的人)。

centipede 蜈蚣；expeditious 迅速的；

expedient 權宜的；pedestal (半身塑像) 座；

impede 阻礙；impediment 妨礙；

podagra《醫》足 [指] 痛風；

podiatry 腳病治療；tripod (相機的) 三腳架

⑷ nephew → nepot

【例】nepotism 偏袒親戚

⑸ fish → pisc

【例】piscatorial 魚的，漁業的；

piscary 漁場；pisciculturist 養魚者；

Pisces《動物》魚類；《天文》雙魚座

⑹ fee → pecu

【例】peculate 侵吞 (公款等)；peculator 挪用公款者；

pecuniary 金錢的；impecunious 無錢的，貧困的

⑺ fire, fever → pyr

【例】pyre 火葬時用的柴堆；pyromania 縱火狂；

pyrotechnics 煙火製造術；pyrophobia 恐火症；

empyreal 最高天的；由純淨之火形成的

⑻ $\left\{ \begin{array}{c} food \\ feed \end{array} \right\}$ → past, pan

【例】pastor 牧羊人；牧師；pasture 放牧場；牧草；

repast 食物；pantry 食品室；餐具室；

lifelong companion 終身伴侶

(直譯：com-'together' 一輩子與你在一起吃食物的人)

【例】底層結構　　　/ pater + i + arch /

　　　E 的刪略　　　patr + i + arch

　　　表層結構　　　patriarch　　家長；族長

❿　表「腳」的字根，拉丁文用 ped，希臘文用 pod，又如表「牙齒」的字根，拉丁文用 dent，希臘文用 dont。
這種 e 轉成 o 的現象，稱之為元音等次 (vowel gradation)，請參閱 Lehmann (1973: 98)。

⑼ few → pau

【例】paucity 少數；pauper 貧民；pauperize 使貧窮

◑ 4.1.3　/p/ 與 /v/ 間接轉換

　　/p/ 不能直接轉音成 /v/, /p/ 必須先經由格林法則變成 /f/，然後 /f/ 在二元音間濁聲化 (intervocalic voicing) 變成 /v/，這種過程，稱為輔音弱化 (weakening or lenition)，包括了塞音 (stops) 變成摩擦音 (fricatives) 和清聲輔音變成濁聲輔音的兩步驟。其演變過程可由下式表示：

$$p \rightarrow f \rightarrow v/ \text{ V \_\_\_\_ V}$$

　　以 savor (sap 'taste') 為例，其轉換過程如下：

底層結構 (underlying form)	/ sap + or /
語音轉換 (格林法則)	saf + or
二元音間濁化	sav + or
表層結構 (surface form)	savor 滋味；風味

◑ 4.1.4　/b/ 轉換成 /f/

⑴ brain → $\left\{ \begin{array}{l} \text{fren } (Latin) \\ \text{phren } (Greek) \end{array} \right\}$ ⓫

【例】frenzy 瘋狂；schizophrenia 精神分裂症；
　　　phrenology 顱相學；phrenetic (= frenetic) 精神錯亂的

⑵ break → frag

【例】fragility 脆弱性；fragment 碎片；
　　　frangible 易碎的；fracture 裂縫；
　　　frailty 脆弱；fraction 部分；《數》分數

⓫　字母 f 與 ph 皆讀成 [f] 音，但在字根拼法上，拉丁文用 f，希臘文用 ph 表示。現僅舉數例對照之。

拉丁文	希臘文	
fa	pha	'speak, spoken about'
fer	pher	'bear'
fan	phan	'show, appear'
fren	phren	'brain, mind'

$$(3)\ \underline{bear} \rightarrow \begin{cases} \underline{fer}\ (Latin) \\ p\underline{her}\ (Greek) \\ p\underline{hor}\ (Greek) \end{cases}$$

【例】con<u>fer</u> 商量；con<u>fer</u>ence 會議；

　　　in<u>fer</u> 推斷；trans<u>fer</u> 移轉；

　　　of<u>fer</u> 提供，奉獻；

　　　<u>fer</u>tility (土地的) 肥沃；(動植物的) 多產；

　　　voci<u>fer</u>ous 喧譁的；peri<u>pher</u>y (尤指圓形的) 外圍；

　　　sema<u>phor</u>e (鐵路的) 臂板號誌

$$(4)\ \underline{blow} \rightarrow \begin{cases} \underline{fla} \\ \underline{flu} \end{cases}$$

【例】in<u>fla</u>te 脹大；de<u>fla</u>te 放氣；

　　　<u>flu</u>te 吹橫笛；<u>fla</u>tterer 諂媚者

$$(5)\ \underline{burn} \rightarrow \begin{cases} \underline{flag}\ (Latin) \\ p\underline{hleg}\ (Greek) \\ p\underline{hlog}\ (Greek) \end{cases}$$

【例】con<u>flag</u>ration 大火災；<u>flag</u>rant《古》燃燒著的，惡名昭彰的；

　　　<u>flag</u>ging 萎靡不振的，失興趣的；

　　　p<u>hleg</u>m 痰；p<u>hleg</u>matic 多痰的；遲鈍的；

　　　p<u>hlog</u>iston《古化學》燃素

$(6)\ \underline{base},\ \underline{bottom} \rightarrow \underline{fund}$

【例】<u>fund</u>amental 基礎的；<u>fund</u> 基金；

　　　pro<u>fund</u>ity 深奧

$$(7)\ \underline{blossom} \rightarrow \begin{cases} \underline{flor} \\ \underline{flos} \end{cases}^{[12]}$$

【例】<u>flor</u>al 花的；<u>flor</u>ist 花匠；

---

[12]　s 音在二母音之間，有時候會變成 r 音，這種音變現象稱之為 r 音化 (rhotacism)。

　　　可以簡式表示：s → r / V ＿ V

　　　【例】ru<u>s</u>tic / ru<u>r</u>al; plu<u>s</u> / plu<u>r</u>al

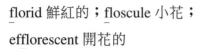

florid 鮮紅的；floscule 小花；

efflorescent 開花的

(8) bore → for

【例】 perforate 穿孔；打洞

● 4.1.5 /b/ 與 /v/ 間接轉換

與 /p/ 一樣，/b/ 不能直接轉音成 /v/。/b/ 必須經由格林法則先變成 /p/，然後轉成 /f/，最後在二元音間濁化成 /v/。例如，現代英文的 fever 由拉丁文 febris 演變而成，其演變的過程如下：

底層結構	/ feber + is /
語音轉換 (格林法則)	feper + is
語音轉換 (格林法則)	fefer + is
二元音間濁化	fever + is
拉丁字尾刪除	fever
表層結構	fever 發燒

其他類似字根，計有：

(1) move → mob

【例】 mob 暴民；暴徒；mobile 易動的；

immobility 不動；automobile 自動車 [汽車]

(2) prove → prob

【比較】 (a) { probation 試驗，試用
　　　　　 provable 可驗證的，可證實的 }

　　　 (b) { approbate 許可，嘉許
　　　　　 approve 許可，贊成 }

● 4.1.6 /f/ 轉換成 /v/

f 與 v 轉換，可以分語音條件決定 (phonologically conditioned) 與詞素條件決定 (morphologically conditioned) 兩方面來討論：

1. 由語音條件來決定，這與聲的同化 (voicing assimilation) 有密切關係，經常在二元音間濁聲化的條件下進行，如下例：

底層結構	/ gif + e /
二元音間濁化	giv + e
表層結構	<u>give</u>

2. 由詞素條件來決定

【例】 字根後接字尾 ous，如 mischie<u>f</u> / mischie<u>v</u> + ous

名詞轉換為動詞，如 belie<u>f</u> / belie<u>v</u>e

單數轉換成複數形，如 wi<u>f</u>e / wi<u>v</u>e + s

◗ 4.1.7　/v/ 轉換成 /f/

字首 /v/ 清化成 /f/ 的情形，在英文裡並不多見，可是在德文裡，卻很普遍，如 volk /folk/，因 /v/ 在字首而轉唸成 /f/。目前筆者在英文裡所能找到的例子是拉丁文的 vannus 'winnowing device'，演變成古英文 fann 時，其字首 v 清化成 f，即現代英文 fan 扇子的由來。

◗ 4.1.8　唇音 /p/, /b/, /f/, /v/ 與鼻音 /m/ 互換

在語音互換的原則下，雙唇濁聲鼻音 /m/ 至少應該可以與雙唇濁聲唇音 /b/ 互換。但事實上，在英文裡幾乎找不到互換的例子。然而在臺語裡可以發現適當的例子，因 m 是 b 的同位音 (allophone)，即 m 出現在鼻化元音 (nasalized vowels) 之前，b 出現在非鼻化元音 (nonnasalized vowels) 之前，譬如妹妹可唸成 [be] 或 [mẽ]，因而導致有些說臺語的學生在學英文時，無法辨別 bend 與 mend，或是 bean 與 mean 這樣的最小音異字對 (minimal pair)，甚至有些學生把 banana 中的 b 轉音成 m 而誤讀成 manana。[13]

目前筆者在英文裡能找到的是 <u>f</u>orm 轉換成 <u>m</u>orph，其中 /f/ 與 /m/，m 與 ph (= [f]) 互換。所組成的字，計有 morpheme 形位；morphology 形態學；amorphous 無定形的；pseudomorph 假形態。另一個字根例子是 vulg 'common people'，如：vulgar 平民的。這個字根可轉換成 mulg，其中 /v/ 可轉換成 /m/，如 promulgate，其中 pro- 表 'before'，-ate 表 'make'，整個字的意思是頒佈 (法令等) 於老百姓之前。

● 4.2　/w/ 轉換成 /v/

德文的字母 w，通常都唸成 [v] 音，如人名 Wagner /ˈvɑgnə/ 華格納。此外，拉丁

---

[13]　請參閱 Saunders (1962: 154)。

語對古英語影響甚鉅，拉丁語的 /v/ 皆轉讀成古英語 /w/，以致於現代英語裡仍保存大批的拉丁字，譬如：

(1) will → vol[14]

【例】volition 意志；volunteer 志願者；
　　　voluntary 自願的；benevolent 善意的；
　　　malevolent 惡意的；voluptuous 奢侈逸樂的

(2) wind → vent

【例】vent 通風口；ventilation 通風；
　　　ventilator 通風機；ventiduct 通風管

(3) worm → verm

【例】vermin 害蟲；vermifuge 驅蟲劑；
　　　vermivorous 吃蟲的

(4) wine → vin[14]

【例】vine 葡萄樹；vinegar 醋；
　　　vineyard 葡萄園；vintage 葡萄酒

(5) wagon → veh

【例】vehicle 車輛；vehemence 猛烈，暴烈

(6) waste → vast

【例】devastate 使荒廢；蹂躪

(7) new → nov

【例】novelty 新奇；renovate 修復，翻新；innovate 革新；novice 新手

(8) word → verb

【例】verbal 言辭的；verbose 用字過多的；
　　　verbiage (文章、言辭等) 冗贅

(9) wade → vad

---

[14] *wel 在古印歐語 (Proto-Indo-European) 裡含有 wish, desire 的意思，其 w 音在英語裡仍舊不變，但轉入拉丁語系，則 w 一律變成 v 音，如法文的酒，就是源於拉丁文。
Fr vin [vɛ̃] < *Lat* vinum 'wine'
但在漢語裡，恰恰相反。國人譯專有名詞時，有時把英文的 v 音轉音成 w，例如 Venice /ˈvɛnɪs/，威尼斯 /we-ni-si/。其他例子見黃 (1989: 282)。

【例】invade 侵犯；evade 逃避；pervade 瀰漫；遍及

● 4.3　齒音與鼻音 n 或硬顎音 š 或 ž 之間的轉換

有些語音轉換經常發生在語音變化的現象裡，如同化、異化、顎化等，關於這些語音變化現象的介紹，請參閱本書第三章。現只舉例說明各音間的轉換情形。

◖ 4.3.1　/θ/ 轉換成 /ð/

/θ/ 轉音成 /ð/ 通常都是在二元音間濁聲化的條件下進行。

【例】
試比較 $\begin{cases} \text{cloth} & n. 布 \\ \quad \overline{/θ/} & \\ \text{clothe} & v. 著 (衣) \\ \quad \overline{/ð/} & \end{cases}$

試比較 $\begin{cases} \text{breath} & n. 氣息 \\ \quad \overline{/θ/} & \\ \text{breathe} & v. 呼吸 \\ \quad \overline{/ð/} & \end{cases}$

試比較 $\begin{cases} \text{bath} & n. 洗澡 \\ \quad \overline{/θ/} & \\ \text{bathe} & v. 洗澡 \\ \quad \overline{/ð/} & \end{cases}$

◖ 4.3.2　/θ/ 轉換成 /t/

⑴ thin → ten

【例】tenuous 細的；薄的；tender 柔軟的，嫩的；

attenuation 細小，薄弱；extenuation (過失、罪狀等) 減輕

⑵ three → tri

【例】triangle 三角形；tricycle 三輪車；

tripod 三腳架；trivial 瑣碎的；

triple 三倍的；trio 三人或三物一組；

tribe 種族；部落 (古羅馬的政治，把人民分為三族，此即 tribe 一語之由來)

⑶ thumb → tum

(thumb 原為「臃腫的指頭」之意，源於拉丁語 tumēre)

【例】tumid 腫脹的；tumor 腫瘤；

detumescence 消腫；contumely 傲慢；

tumult 騷動

(4) thrust → trud

【例】intrude 闖入；obtrude 逼人接受 (意見等)；

extrude 擠出；protrude 突出，伸出

(5) thunder → ton

【例】detonate 引爆，起爆；astonish 使驚異

◗ 4.3.3　/d/ 轉換成 /θ/

(1) death → thanat

【例】thanatology 死亡學；thanatophobia 死亡恐懼症；

Thanatos《希臘神話》死神

(2) do → the

【例】synthetic 綜合的；thesis 學位論文；(邏輯) 必須論證的命題；

hypothesize 假設；antithesis 對立，對照；

anathema《天主教》逐出教門；受詛咒的人或物

◗ 4.3.4　/θ/ 轉換成 /s/ [15]

(1) death → thanas

【例】euthanasia 安樂死

(2) athl → asc

【例】ascetic 苦行者；禁慾者 (ascetic 與 athlete 跟運動員有關，運動員欲在奧運會

場上揚眉吐氣，平日應苦練、禁慾)

---

[15] 漢語大多數方言裡沒有 [θ] 與 [ð]，因此許多中國人把英語的 think 讀成 [sɪŋk]，用 [s] 代換 [θ]。翻譯英
文專有名詞也是一樣，如下面黃 (1989: 281) 所舉的例子：

Thorndike /ˈθɔrndaɪk/　桑戴克 /sɑn-daɪ-kˊə/

Ethel /ˈɛθəl/　愛瑟爾 /aɪ-sə-ɪr/

Ruth /ˈruθ/　露絲 /lu-si/

從上述例子，可以證明 s 與 θ 極易轉換。

◐ 4.3.5 /t/ 與 /ð/ 間接轉換

/t/ 不能直接轉音成 /ð/，/t/ 必須先經由格林法則轉換成 /θ/，然後 /θ/ 在二元音間濁聲化。現以 brother 為例，說明其轉換過程如下：

底層結構	/ bhrāter / 《古印歐語》
語音轉換 (格林法則)	brāθer
語音轉換 (元音 ā 上升為 ō)	brōθer 《古英語》
語音轉換 (元音弱化)	broθer 《中古英語》
二元音間濁化	broðer
表層結構	<u>brother</u> 《現代英語》

◐ 4.3.6 /d/ 轉換成 /ð/

/d/ 轉音成 /ð/ 也是輔音弱化的現象，但在英文裡並不多見，如 slide 轉換成 <u>slither</u>，且有語境限制，即 d 之前務必要有一個元音，之後要有一個 [r̩] (vocalic r) 或 [ər]，通常都拼成 -er 或 -or，可由下式簡單表示之。

$$d \rightarrow ð / V \underline{\hspace{1cm}} \left\{ \begin{matrix} r \\ ər \end{matrix} \right\}$$

【例】古英語 現代英語

古英語	現代英語
mōdor	mother
fæder	father
weder	weather
hider	hither

但 father 的轉換過程與 brother 不同，原因是 father 在底層結構裡，重音在後，必須應用維爾納法則 (Verner's Law)[16]，其轉換過程如下：

---

[16] 維爾納法則簡述如下：

印歐語所遺留下來的重音，若落在日耳曼語兩個元音之中第一個元音，則這兩個元音中的清聲摩擦音就不會有音變現象，否則將變成濁聲塞音。

$$\left. \begin{matrix} f & b \\ \theta \rightarrow d \\ h & g \end{matrix} \right/ \quad \begin{matrix} V \\ [- \text{accent}] \underline{\hspace{1cm}} \end{matrix}$$

底層結構	/ pətēr /	《古印歐語》
語音轉換 (格林法則)	fəθēr	
語音轉換 (維爾納法則)	fədēr	
重音移轉 (accent shift)	fáder	《中古英語》
輔音弱化 (d > ð)	fáðer	
表層結構	father	《現代英語》

● 4.3.7 /d/ 轉換成 /t/

/d/ 轉換成 /t/ 的例子不多，目前筆者唯一找到的是拉丁字根 mort，可藉由一般人所熟悉的 murder 轉換而得。

murd → mort 'death'

【例】 mortal 終有一死的；immortal 不朽的；

mortician 殯儀業者；mortuary 停屍處；

mortgage 抵押 (權)；post-mortem 死後的

● 4.3.8 /t/ 轉換成 /d/

(1) sit → $\left\{ \begin{array}{c} \text{sed} \\ \text{sid} \end{array} \right\}$ [17]

【例】 sedan 轎；sedentary 慣坐的；

sedimentary 沉澱物的；sedative 有鎮靜作用的；

assiduous 勤勉的；dissident 倡異議的；

presidentship 會長 [總統] 之職位；resident 居住者；

subsidy 補助金；residue 殘餘，殘渣

---

[17] 一個含有 e 的字根如 sed 出現在第一音節以外的地方，而且後面跟著一個元音，則 e 變 i，這種現象稱為 <e> 的弱化 (e-Weakening)。

【例】底層結構　　　　　/ dis + sed + ent /

<e> 的弱化　　　　　dis + sid + ent

表層結構　　　　　dissident 倡異議者 (直譯：dis- 'away' 不跟別人坐在一起者)

此外，切勿混淆同形的字首 (prefix) sed- 'apart' 與字根 (root) sed 'sit'。

源自於拉丁文的 sedition (煽動叛亂或鬧事) < L sēditiō < L sēd-'apart' + itiō 'a going'，其中的 sed 為詞首而非字根。

(2) heart → $\left\{\begin{array}{c}\text{card}\\\text{cord}\end{array}\right\}$

【例】 cardiac 心臟的；cardiology 心臟學；

　　　accord 一致，相合；concord 和諧，同意；

　　　concordat 協定；discord 不一致；

(3) ten → dec

【例】 decade 十年；decagon 十角形；

　　　decimal 十進制；decathlon 十項運動

(4) two → du

【例】 dual 二重的；duet《樂》二重唱；

　　　dubious 懷疑的；duplicity 欺騙；

　　　dupe 欺騙；duality 二重性；

　　　indubitable 明確的；duplicate 複製

(5) tooth → $\left\{\begin{array}{c}\text{dent}\\\text{dont}\end{array}\right\}$

【例】 dental 牙齒的；dentist 牙科醫生；

　　　denture 一副假牙；dentistry 齒科學；

　　　orthodontics 畸齒矯正術；periodontal 牙周的；

(6) eat → ed

【例】 edible 可食的；etch 蝕刻 (圖案、圖畫等)

(7) tame → dom

【例】 domesticate 馴服；dominant 有控制能力的；

　　　indomitable 不能征服的；domination 統治；

　　　adamant 堅硬的

(8) tow → duc [18]

【例】 duct (導水、空氣等的) 管；abduction 誘拐；

　　　conduce 引起；促成；ductility 延展性；

---

[18] 英文第二十三個字母 <w> 稱為 double-U，就可知 w 與 u 之間語音關係密切，可以轉換，但其轉換關係並不列入本文討論範圍內。

introduce 引入；seduce 勾引，誘拐；

educe 引出；aqueduct 導水管

4.3.9 /t/ 轉換成 /s/

⑴ vit 'know, see' → vis

【例】 visible 可見的；invisible 看不見的；

television 電視；vision 視力；

vista 景色；visit 訪問；

supervision 監督；visual 視覺的；

vis-à-vis 與…相對

⑵ eat → es

【例】 esculent 適於食用的

⑶ sit → sess

【例】 session (議會等之) 開會；sessile 靜止的，不動的；

insessorial 慣於棲息的 (如鳥類)

⑷ put → pos

【例】 posit 放置，安排；

preposition 前置詞；appose 並列

4.3.10 /t/ 轉換成 /n/

put → pon

【例】 postpone 延期；opponent 反對者

4.3.11 /d/ 與 /s/ 互換

/d/ 轉化成 /s/ 常發生在拉丁文的字根變化，如拉丁文動詞 vidēre 'to see' 和 sedēre 'to sit' 分別來自古印歐語字根 wid- 和 sed-，但轉換成其他詞類如名詞 vīsiō 'sight'，sessiō 'session'，則 /d/ 常常變成 /s/。或許出於這個理由，許多編英語字根字典的作者，如 Smith (1966) 把英語裡相同意義的字根但有 d 與 s 兩種不同的拼法，並列在一起，供讀者參考。下面就是 Smith 字典裡所列舉的一些字根：

⑴ $\begin{Bmatrix} cad \\ cas \end{Bmatrix}$ 'fall' (p. 21)　　⑻ $\begin{Bmatrix} prehend \\ prehens \end{Bmatrix}$ 'take , seize' (p. 108)

(2) $\left\{\begin{array}{l}\text{cede}\\\text{ceed}\\\text{cess}\end{array}\right\}$ 'go' (p. 25)

(3) $\left\{\begin{array}{l}\text{cid}\\\text{cis}\end{array}\right\}$ 'cut' (p. 29)

(4) $\left\{\begin{array}{l}\text{clud}\\\text{clus}\end{array}\right\}$ 'close' (p. 31)

(5) $\left\{\begin{array}{l}\text{grad}\\\text{gress}\end{array}\right\}$ 'step' (p. 57)

(6) $\left\{\begin{array}{l}\text{lid}\\\text{lis}\end{array}\right\}$ 'damage' (p. 74)

(7) $\left\{\begin{array}{l}\text{lud}\\\text{lus}\end{array}\right\}$ 'play' (p. 26)

(9) $\left\{\begin{array}{l}\text{rad}\\\text{ras}\end{array}\right\}$ 'scrape' (p. 112)

(10) $\left\{\begin{array}{l}\text{rod}\\\text{ros}\end{array}\right\}$ 'gnaw' (p. 114)

(11) $\left\{\begin{array}{l}\text{scend}\\\text{scens}\end{array}\right\}$ 'climb' (p. 118)

(12) $\left\{\begin{array}{l}\text{sed}\\\text{sid}\\\text{sess}\end{array}\right\}$ 'sit' (p. 120)

(13) $\left\{\begin{array}{l}\text{suad}\\\text{suas}\end{array}\right\}$ 'advise' (p. 130)

(14) $\left\{\begin{array}{l}\text{tend}\\\text{tens}\end{array}\right\}$ 'stretch' (p. 134)

(15) $\left\{\begin{array}{l}\text{vid}\\\text{vis}\end{array}\right\}$ 'see' (p. 146)

◖4.3.12　/s/ 與 /z/ 互換

　　/s/ 通常被濁聲鼻音 /m/ 同化為濁音 z，如下例(e)，或 /s/ 夾在二元音間濁聲化而轉成 /z/，如下例(c)與(d)。

(1) $\left\{\begin{array}{l}\text{schis}\\\text{schiz}\end{array}\right\}$ 'split, cleft'

【例】(a) schist《地質》片岩

　　　(b) schistocyte 裂細胞

　　　(c) schizophrenia 精神分裂症

　　　(d) schizopod 裂足類動物

　　　(e) schismatic /sɪz´mætɪk/ 分裂的，分離的

(2) $\left\{\begin{array}{l}\text{glass } n.\ \text{玻璃}\\\text{/s/}\\\text{glaze } v.\ \text{給 (窗、照片) 裝玻璃}\\\text{/z/}\end{array}\right.$

◑ 4.3.13 /š/ 轉換成 /s/

⑴ sugar → sacchar

【例】saccharic 糖的；saccharide《化》醣類

⑵ shine → scintill

【例】scintilla 火花；scintillate (星星等) 閃爍，發出火花

● 4.4. 軟顎音、喉門音、硬顎音之間的轉換

軟顎音 k 或 g 與喉門音 h 可以轉換，也可以和三個硬顎音 č、ǰ、或 j 也可以轉換，但軟顎音與鼻音 ŋ 或三個硬顎音之間的轉換，經常出現在語音變化的現象裡，我們將在第五節裡敘述。

◑ 4.4.1 /k/ 轉換成 /g/

⑴ acre → ager

【例】agriculture 農耕；agrarian 土地的，農業的；

agronomy 農藝學；agrology 農業土壤學

⑵ know →
$$\begin{cases} \text{gn} \\ \text{gnos} \\ \text{gnor} \end{cases}$$
[19]

【例】ignorant 無知的；recognize 認識；

prognosis《醫》病狀之預斷；diagnosis 診斷；

agnosticism《哲》不可知論；

cognition 認識；cognizance 知覺；

gnosis 直覺；incognito 化名的；

---

[19] 印歐語字根的元音交替方式，通常是 e～o～ø，歷史語言學家稱之為 e 等次 (e-grade)，o 等次 (o-grade) 和零等次 (zero-grade)。僅舉下面數例，參考之：

e-grade	o-grade	zero-grade
generate	gonad	pregnant
	ignore	recognize
genu	diagonal	
gelid		glacier

請參閱 Arlotto (1972: 119–124)。

cognomen (古羅馬人之) 姓；prognosticate 預言

(3) corn → gran

【例】granary 穀倉；granular 粒狀的；

　　　granule 細小顆粒

(4) knee → gen

【例】genuflect 屈膝；genu 膝

(5) cold → $\left\{ \begin{array}{l} \underline{gl} \\ \underline{gel} \end{array} \right\}$

【例】gelid 冰冷的；congeal 使凝結；

　　　glaciate 使凍結；glaciology 冰河學

(6) $\left\{ \begin{array}{l} \text{kind } n. \text{ 種，類，屬} \\ \text{kin } n. \text{ 親戚} \\ \text{kind } a. \text{ 和藹的} \end{array} \right\}$ → gen

【例】genus《生物》屬；genre 類，型；

　　　gentle 溫和的；gentility 文雅，風度；

　　　genteel 有教養的；genial 和藹的；

　　　geniality 和藹

(7) queen → gyn 'woman' [20]

【例】gynecology 婦科醫學；gynecocracy 女人當政；

　　　misogynist 厭惡女人的人

(8) chol → gall

【例】choler 膽汁；cholesterol 膽固醇；

　　　melancholy 憂鬱；choleric 易怒的，暴躁的；

---

[20]　拉丁文與希臘文在拼法上有下列三個重要的語音對應規律：

拉丁文		希臘文	
f	↔	ph	例子見❶
s	↔	h	【例】semi / hemi 'half'
u	↔	y	【例】du / dy 'two'
			super / hyper 'over, above'
			queen / gyn 'woman'

cholera 霍亂；gallant 大膽的；勇敢的

(9) eke → aug

【例】augment 增大；增加

◗ 4.4.2　/k/ 轉換成 /č/

caste → chaste 'pure'

【比較】$\left\{\begin{array}{l}\text{castigate 懲治}\\\text{chastise 懲罰}\end{array}\right\}$

　　　　懲罰的目的在於使人改邪歸正，使心靈純淨

◗ 4.4.3　/g/ 轉換成 /k/

sugar → sacchar

【例】saccharine 含有糖分的；saccharin 糖精；

　　　saccharose《化》蔗糖

◗ 4.4.4　/h/ 轉換成 /k/

(1) heart → $\left\{\begin{array}{l}\text{card}\\\text{cord}\end{array}\right\}$

　所舉之例，參閱 /t/ 轉換成 /d/

(2) horn → corn

【例】corner 角、隅；corn 腳上生的雞眼；

　　　unicorn 獨角獸；

　　　cornucopia 豐饒角 (希臘神話中曾哺乳 Zeus 神之山羊角)；

　　　cornea (眼球之) 角膜

(3) hundred → cent [21]

【例】century 一百年，一世紀；centennial 百年紀念的慶典；

　　　centipede 蜈蚣；centigrade 百分度的；攝氏的；

　　　centurion (古羅馬軍團的) 百人隊隊長

---

[21]　拉丁文的一百 centum 源自於古印歐語 *kmtom。注意：拉丁文字母 c 讀 [k] 而非讀 [s]，如 cum, civis, facilis。

(4) horse → equ

【例】equine 馬 (科) 的；equestrian *adj.* 馬術的；*n.* 馬術家；

equitation 騎馬術；騎馬

(5) hound → $\left\{\begin{array}{l} \text{cyn} \\ \text{can} \end{array}\right\}$

【例】canine 似犬的；Cynicism 犬儒主義；

Cynic 犬儒學派的人

(6) $\left\{\begin{array}{l} \text{have} \\ \text{hold} \end{array}\right\}$ → cap

【例】capacity 容量；才能；capacious 容量大的；

captivating 有迷惑力的；capture 抓住；

capsule 膠囊；太空艙；incapacitate 使 (人) 失去能力

(7) $\left\{\begin{array}{l} \text{of what kind} \\ \text{how much} \end{array}\right\}$ → $\left\{\begin{array}{l} \text{qua} \\ \text{quo} \end{array}\right\}$

【例】quality 性質；quantity 數量；

quantum 量子；quorum 法定人數；

quota 限額；quotient 商數

◗ 4.4.5 /g/ 轉換成 /h/

(1) garden → hort

【例】horticulture 園藝學；horticultural 園藝的

(2) wagon → veh

【例】vehicle 車輛；vehemence 猛烈，暴烈

(3) guest → host

【例】host 主人；hospitality 好客；

hospitable 殷勤招待 (客人) 的；

hospital 醫院；hostelry《古語》客棧

(4) get → (pre)he(n)d

【例】comprehend 了解，領悟；

apprehend 捕捉；reprehend 責難，申斥

🔸 4.4.6 /j/ 轉換成 /ĵ/

(1) young → $\left\{ \begin{array}{c} \text{juven} \\ \text{jun} \end{array} \right\}$

【例】juvenile 少年的；juvenescence 年輕，青春；
rejuvenate 使 (人) 回復青春；junior 較年幼的

(2) yoke → $\left\{ \begin{array}{c} \text{jug}^{㉒} \\ \text{jung} \end{array} \right\}$

【例】jugular 頸部的；subjugate 征服；conjugal 婚姻的；
conjugation《文法》動詞的變化形；結合，配對；
adjunct 附加物；juncture《語音》相鄰音節之接合；
conjunction 連結；disjunction 分離；分裂

🔵 4.5 /l/ 與 /r/ 的轉換

與其他語音不同，流音 (liquids) /l/ 與 /r/ 都有一個共同的特點，那就是具有區別成分 [+consonantal] 與 [+vocalic]。由於二者可以互通，以及有些漢語方言中缺乏 [r] 音，以致學生學習英語時，常用 [l] 來代替 [r]，例如把 fried rice 讀成 flied lice。此外，當翻譯外國人名、地名遇到居於元音前面的 [r] 音時，就以 [l] 代替。例如把 Reagan /ˊregən/ 譯為雷根 /le-gən/。㉓

在印歐語系裡，也有同樣的情形，例如古印歐語 (Proto-Indo-European) 的 *legʷh- 'light' (in weight)，和 *u̯l̥kʷos 'wolf'，其中的 l 音在梵文 (Sanskrit) 裡都是 r 音，如 raghu- 'light' 和 vr̥kas 'wolf'。又如表「星」的字根，在日耳曼語是 sterron，希臘語是 astēr / astron，但拉丁語卻是 stella (注意是 l，而非 r)。

㉒ 英文唯一的中綴 (infix) n 通常都嵌在字根最後一個輔音前面。請見下例：

字根	無中綴	有中綴
frag	fragile	frangible
tag	contagious	tangible
stig	stigma	distinguish
jug	conjugate	conjunction

㉓ 其他例子，請參閱黃 (1989: 282–283)

star → stella

【例】 stellar 星的；stellify 使成星形；

constellation《天文》星座

■ 五、藉語音轉換串連英文單字便於記憶

現代英語最大的特色在於繁雜的字彙，浩如煙海，常使學習者望字興嘆，徒喚奈何。的確，世上現有的語言迄今還沒有像英語擁有那麼多外來的借字，而且許多字彙更是由希臘、拉丁、法語的字首、字根衍變而來的。若能藉語音轉換法則把許多原本有關聯或原本無關聯的英文單字串連起來，就能突破記憶單字的難關，進而享受背單字之樂。以下分原本有關聯的雙式詞、三重詞 [24] 與原本無關聯的非雙式詞二項來詳述。

● 5.1　(異形、異義的) 雙式詞 (doublets) 與三重詞 (triplets)

在文藝復興時期 (the Renaissance)，為應付與日俱增的知識，學者們紛紛直接引進大批拉丁詞彙，這些詞彙幾乎都保有原來的拉丁字形。但在文藝復興之前，拉丁字通常藉著法語方言或古法語 (Old French)，或偶爾藉著條頓語 (Teutonic) 傳入英語，這時字形與字義常有改變，猶如藉 DNA 來鑑定親子血緣關係，現可藉語音轉換來尋源溯流，結果發現來源相同，因而產生了所謂異形、異義的雙式詞或三重詞。譬如：

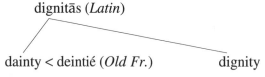

dignitās (*Latin*)

dainty < deintié (*Old Fr.*)　　　　dignity

早期拉丁語 dignitās 藉古法語 deintié 傳入英語，而產生 dainty。但約在文藝復興時期 dignitās 又借入英語而產生除字尾外與拉丁語相同的 dignity。這二字的字義與字形雖各不相同，但它們之間卻一脈相通，故稱為雙式詞。

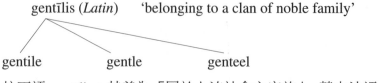

gentīlis (*Latin*)　　　'belonging to a clan of noble family'

gentile　　　　gentle　　　　genteel

拉丁語 gentīlis，其義為「屬於上流社會之宗族」，藉古法語 gentil 借入中古英語，

---

[24]　雖然也有四重詞 stack / stake / steak / stock、五重詞如 discus / disk / dish / desk / dais，但例子不多，本文不擬討論。

但仍保留其拼法 gentil，可是再借入現代英語時，卻分成 gentle (溫和的，文雅的) 與 genteel (上流社會的，有教養的) 兩字。但約在文藝復興時期 gentīlis 又借入英語，產生了除字尾外與拉丁語相同的 gentile。這三字字義與字形都不同，但來源相同，故稱為三重詞。下面每個雙式詞或三重詞，其語音轉換部分都劃線，藉以啟發思考，促進聯想，觸類旁通，幫助記憶成串的單字。下面略舉數例說明：

5.1.1　k / č

⑴ camera (*Latin*) 'room'

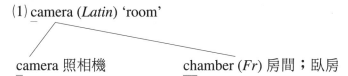

camera 照相機　　　　　　chamber (*Fr*) 房間；臥房

早期的照相機稱之為 camera obscura (暗房)，camera 含有「房」的意思，進而記住 cameraman 攝影者；camarilla 小會議室；comrade 同志，摯友 (直譯：同房的人，字尾 -e 表「人」)；comradeship 同志之誼，友誼；camaraderie 同志情誼。

轉音為 /č/，則可記住 chamber 房間；chambermaid 清理臥室之女僕；chamberlain 國王 [貴族] 之侍從。

⑵ capitāle 'head'

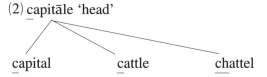

capital　　　cattle　　　chattel

拉丁語 cap(it) 本義是「頭」，當時人之財富多寡，全視他家養多少頭家畜 (主要是牛) 來決定，因此家畜 (cattle) 就成了資產 (capital) 的主要部分。因家畜是動產而非不動產，轉音為 /c/ 時，chattel 就含有「動產」的意思了。認識 cap(it)，則易於學習下列與之有關的詞彙。

cap 的語源是拉丁語的 caput，有「頭」、「首」之意，之所以有帽子的意思產生，也是想當然爾的。又如 cape 因像頭一般地伸入海中，故譯為海角或岬 (headland)。capsize 船的傾覆，由船頭開始。cabbage (包心菜) 是因其形狀和人頭很相似，因而得名，注意 cap 已轉音為 cab。其餘的單字與「頭」或「首」有關的，計有 captain 首領；capital 首都；decapitate (de- 'away') 斬首；capitation 按人頭計算；capitulate (有條件) 投降 (原意是 draw up an agreement under 'heads')。注意 recapitulate 並非再投降一次 (capitulate again)，而是簡述要旨 (其中 re- 為加強語義的字首，其義為 very 或 completely，強調 capit，完全只講頭，也就是只講要點)。

/k/ 轉音為 /č/ 除前述 chattel 外，還有 chapter。除 /k/ 轉音外，cap 的 /p/ 可轉音為 /f/ 或 /v/，計有 chief 首領；chieftain (強盜的) 首領；handkerchief 手帕 (原本就是包裹 chief (= head) 的東西)；achieve 完成 (到達盡頭 (head) 為止)；mischief 就是由「沒有抓到強盜頭目，導致地方治安惡化」演變成 (自然的) 災害、(精神上的) 傷害；mischievous 有害的，傷人的。

⑶ carrus (*Latin*) 'wheeled vehicle'

car (汽車) 其語源為拉丁語的 carrus (有輪的車、馬車)，迄今 car 在英詩裡，仍保有「馬車，戰車」之意。career「生涯；經歷」原本是「車軌痕跡」之意。chariot 的字根，係由 /k/ 轉音 /č/，其意為「古代之兩輪戰車」或「十八世紀四輪輕馬車」。

car 除含有輪車子的意思外，還具有運送之功能，但運送之前，必須先把貨裝在車上，故引申得「運送」與「裝填」之意。認識了 car，就可推理認識下列詞彙，可謂聞一知十，觸類旁通。

carriage 馬車；cart 輕便送貨車，二輪馬車；carsick 暈車；caravan (運載貨物或人) 有篷的車 [拖車，大車]；cargo 船上載的貨物 (因貨物藉汽車裝載和輸送之故)；carrying 運送；carrier 搬運夫；cartridge 彈藥筒 (內裝填彈藥)。甚至連 carpenter (< *Latin* carpentarius 'wagon maker') 木匠也與 car 有關，大概鮮為人知吧！因為古代製造馬車、戰車為一專門技術，故聘 carpenter 負責製造。另外 caricature 諷刺的描述，也是由 car 引申得來，此乃因為車上裝填過多的貨物，令人覺得滑稽可笑。

此外藉 /k/ 轉音為 /č/ 可認識下列各字：
charioteer (戰車的) 駕駛者 (-eer 表「人」)；charge 裝填；overcharge 超載；discharge 卸下 (船貨)；charger 軍馬，戰馬，(槍砲彈藥的) 裝填手；undercharge 未給 (槍砲等) 裝足火藥或對 (蓄電池) 充電不足。

由於同理可類推其他雙式詞或三重詞之間的語音轉換，故僅列舉，不再詳述。

◗ 5.1.2　t / s

pars, partis (*Latin*) 'part, share'

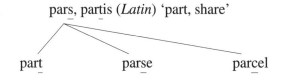

認識 pars-, part- 表「部分」、「劃分」之意，易於記憶下列各字：

partial, partiality, particle, particular, partake, participant, partisan, partition, partner, apart, apartment, compartment, department, impart。

◖5.1.3　t / z / š

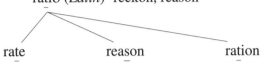

認識 rat- 表「算出 (數、量、成本等)」，「理由、理性」之意，則易於記憶下列各字：

rate, ratio, ration, rationale, rationalize, ratiocination, irrational, ratify。

◖5.1.4　k / ǰ

雖然 point 為「點」，然而卻是由表「刺」涵義的拉丁語 pungere 引申而得，即將針頭所刺之洞，稱之為「點」。有此認識，則有助於記憶下列各字：

appoint, disappoint, pointer, point-blank, poignant, expunge, pungency, punctual, puncture, compunction, punctilious。

因限於篇幅，以下的雙式詞或三重詞，僅列出語源。記憶時，先熟悉每組斜線之前的單字，藉雙方劃線的語音轉換的聯繫，記憶斜線之後的單字就不費事了。

㈠來自不同語源的雙式詞：

英語與拉丁語

1. eatable / edible　　2. kin / genus　　　3. thin / tenuous

4. foam / spume　　 5. mother / mater

英語與法語

1. corn/ grain　　　　2. bench / bank　　　3. brother / friar

4. fresh / frisky　　　5. mark / march (boundary)

6. word / verb　　　　7. worm / vermin

英語與北歐語

1. girdle / girth   2. shriek / screech

拉丁語與法語

   1. arc / arch   2. calix / chalice   3. camera / chamber

   4. cant / chant   5. capital / chapter   6. captive / caitiff

   7. pungent / poignant   8. separate / sever   9. vast / waste

   10. wine / vine

法語與義大利語

   1. duke / doge   2. sovereign / soprano   3. porch / portico

法語與西班牙語

charge / cargo

希臘語與法語

cathedral / chair

(乙)來自不同語源的三重詞：

acute (*Lat.*)	cute (*Lat.*)	aguish (*Fr.*)
cadence (*Fr.*)	chance (*Fr.*)	cadenza (*Ital.*)
capital (*Lat.*)	chattel (*Fr.*)	cattle (*Fr.*)
dragon (*Fr.*)	dragoon (*Fr.*)	drake (*Engl.*)
hospital (*Lat.*)	hostel (*Fr.*)	hotel (*Fr.*)
place (*Fr.*)	piazza (*Ital.*)	plaza (*Span.*)

● 5.2　非雙式詞

    根據彼此間所存在的語音轉換，把一些意義類似但非雙式詞的英文單字或字根串連在一起，以便於記憶，現舉數例說明之。先熟悉每組斜線之前的單字或字根，藉雙方劃線的語音轉換的聯繫，記住斜線之後的單字就不難了。

　⑴ b / p

　【例】bore 孔；穿孔 / porous 多孔的 (-ous 表形容詞字尾)；

　　　　grab 抓住 / grapple 抓住；

　　　　bravery 勇敢 / prowess 勇敢；勇武 (v 與 w 也可以互換)；

　　　　boyish 男孩的；孩子氣的 /

<u>p</u>uerile 幼稚的；膚淺的 (在拉丁文裡，puer 原義為「純潔」，通常孩子本性純潔但見解幼稚、膚淺)

⑵ p / f

【例】ade<u>p</u>t 熟練的 / de<u>f</u>t 熟練的

⑶ f / v

【例】di<u>ff</u>erent 差異的 / di<u>v</u>ergent 分歧的；差異的

⑷ f / b

【例】<u>f</u>latter 奉承；諂媚 / <u>b</u>landish 奉承；諂媚 (-ish 表動詞字尾)；

per<u>f</u>orate 穿孔 / <u>b</u>ore 穿孔

⑸ v / p

【例】reco<u>v</u>er 痊癒 / recu<u>p</u>erate 恢復健康 (-ate 表動詞字尾)

⑹ t / d

【例】flat<u>t</u>er / blan<u>d</u>ish (同上例)

dir<u>t</u>y 不潔的 / sor<u>d</u>id 污穢的；不潔的 (-id 表形容詞字尾)

⑺ d / s

【例】<u>d</u>irty / <u>s</u>ordid (同上例)

⑻ ð / z

【例】wi<u>th</u>ered 枯萎的 / wi<u>z</u>ened 凋謝的；枯萎的

⑼ s / n; s / d

【例】sci<u>ss</u>or 剪刀 / resci<u>nd</u> 廢除；撤銷

(用剪刀把某物剪掉，可引申為刪掉或廢除某物，其 ss 轉換成 nd)

⑽ k / g

【例】pi<u>c</u>ture 畫 / pi<u>g</u>ment 顏料

(畫與顏料並非無關，若聯想畫需用顏料來著色，則記憶 pigment 就不難了)

fla<u>cc</u>id (肌肉等) 軟弱的；鬆軟的 / fla<u>g</u> 枯萎

fi<u>c</u>tion 虛構之事 / fi<u>g</u>ment 虛構之事

⑾ k / h

【例】<u>c</u>oarse 粗的；粗糙的 / <u>h</u>oarse 聲音粗啞的

<u>c</u>oax 用巧言誘哄 / <u>h</u>oax 欺騙

(hoax 很可能是 hocus-pocus(變戲法所用之咒語) 之縮短語)

⑿ k / č

【例】 seek 尋求，請求 / beseech 懇求；祈求

⒀ l / r

【例】 cleave 分裂；裂開 / bereave 剝奪；使喪失

cleft 裂開的 / bereft 被剝奪的

(記憶單字必須善於聯想，若用 leave / left 來聯想，cleave / cleft 字義，不難
猜出。若藉語音轉換 l → r，理解 bereave / bereft 就不難。雖然各字字義各不
相同，但它們之間卻是一脈相通)

下面兩組是用字根為例：

⒁ k / č

【例】 pec 'sin, stumble'

peccable 易犯罪的；peccadillo 輕罪；小過失

(藉語音轉換 k → č, pec 雖不露面，卻暗藏在 impeach 中)

impeach 彈劾；檢舉

(im- 表「內」之義，人若內心無罪，怎麼會遭人彈劾？)

⒂ m / p

【例】 $\left\{ \begin{array}{l} \text{trem} \\ \text{trep} \end{array} \right\}$ 'shake'

藉語音轉換 m → p，便知 trep 就是「顫抖」。

tremble 戰慄；發抖；tremor 顫抖；tremulous 戰慄的；

intrepid 無畏的；trepidation 驚恐；惶恐

■ 六、語音轉換法則可應用於漢語嗎？

語音轉換並非印歐語系特有的現象，非印歐語系的漢語，實際上也有類似的現象，
現列舉數例說明之。

羅 (1990: 129) 指出，切韻時代「並定群澄從」等類聲母本來都是濁音聲母，後來清
化以後，凡是平聲字清化後都變送氣清音，仄聲字都變不送氣清音。

中古並母 [b]———— 平聲字 (蒲裴旁)　　　　中原音韻 [pʻ]

仄聲字 (步白旁)　　　　中原音韻 [p]

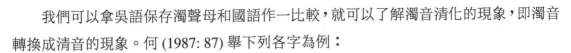

我們可以拿吳語保存濁聲母和國語作一比較，就可以了解濁音清化的現象，即濁音轉換成清音的現象。何 (1987: 87) 舉下列各字為例：

	吳語		國語	
達 (*d-)	da	→	ta	(d- 清化成 t-)
技 (*g-)	dʐɿ	→	tɕi	(dʐɿ- 清化成 tɕ-)
被 (*b-)	bei	→	pei	(b- 清化成 p-)

上例括弧中加 "*" 的音標，表示那個字的早期聲母，是擬測的形式。

謝 (1992: 11–12) 也指出，通常語音發生變化，往往只發生在某種發音部位或發音方法上，而不是發生在某一個音上。在漢語裡，語音衍變最常見的規律是：

㈠同發音部位的濁音變為清音，猶如古印歐語中的濁聲塞音 b、d、g 分別轉換成日耳曼語的清聲塞音 p、t、k。

平 [biŋ] → [pˊiŋ]	定 [diŋ] → [tiŋ]
並 [biŋ] → [piŋ]	群 [giun] → [kˊiun] → [tɕˊyn]
停 [diŋ] → [tˊiŋ]	共 [guŋ] → [kuŋ]

㈡雙唇音變唇齒音，例如古代漢語的唇音「幫、滂、並、明」四母，後來有一部分就變成了「非、敷、奉、微」四母的音。

方 [paŋ] → [faŋ]	敷 [pˊu] → [fu]

㈢吞尖或舌根的塞音、塞擦音、摩擦音因顎化而為舌面音，如：

見 [kien] → [tɕien]	希 [hi] → [ɕi]
精 [tsiŋ] → [tɕiŋ]	西 [si] → [ɕi]

有趣的是我國的浙江景寧方言聲母的變化與格林法則相反，若以語音轉換的觀點而言，這不足為奇。依據袁 (1983: 58) 的說法，景寧是由原來的濁聲塞音變吐氣，而後原來清聲塞音濁化，但不知何故，k-, g- 沒有一起變化。

1. $\left.\begin{matrix} b\text{-} \\ d\text{-} \end{matrix}\right\} \rightarrow \left.\begin{matrix} bh\text{-} \\ dh\text{-} \end{matrix}\right\}$

2. $\left.\begin{matrix} p\text{-} \\ t\text{-} \end{matrix}\right\} \rightarrow \left.\begin{matrix} b\text{-} \\ d\text{-} \end{matrix}\right\}$

語音變化主要循兩個相反的方向進行，而非單向進行，如「弱化」與「強化」、「同化」與「異化」、「增音」與「減音」等。同理類推發音部位相同或相近之語音，彼此間可以互換，即雙向轉換，這可說明為何景寧方言聲母的變化與格林法則相反不足為奇。

又如「甫」字可讀 [fu] 又可讀 [p´u]，為何不讀別的音如 [ku]、[hu]、[tu] 或 [su] 呢？問題在於發音部位，唇音不易與軟顎音、喉門音或齒齦音互換，若互換，就違背語音轉換法則。傅 (1982: 12) 所列舉下面的破音字也能提供佐證：

轉音同部位 (homorganic)　　　　(聲調不論)

⑴ p´ / f：(彷徨) 彷 / (彷彿) 彷　　　(唇音 / 唇齒音互換)

⑵ tʂ´ / ʂ：(沈沒) 沈 / (姓沈) 沈　　　(捲舌音互換)

⑶ tɕ / ɕ：(校對) 校 / (校長) 校　　　(舌面音互換)

⑷ ts´ / s：(伺候) 伺 / (窺伺) 伺　　　(舌尖音互換)

若以非破音字為例，也可看出語音轉換法則應用於漢語，一點也不困難。下面三組字，每組字都從同一聲符得聲，而其聲母則發生轉換現象。

⑴從「反」[fan] 得聲者：板 [pan]，版 [pan]

⑵從「土」[t´u] 得聲者：杜 [tu]，肚 [tu]

⑶從「曷」[xe] 得聲者：渴 [k´e]，葛 [ke]

■ 七、結　論

機械式地記憶與盲目地學習英文單字，不但會降低學習的效果，而且也會減低學習的興趣。如果英語教師能在講授字彙時，灌輸學生一些語音轉換的法則，無疑地可以大量減少繁重的記憶功夫，也可以積極提高學習的興趣，進而促進學生的認知活動與激發他們運用心智，把記憶單字轉變成一種趣味盎然的推理活動。畢竟英文單字是由許多語音組合而成的，學生應體會各語音的發音部位與性質，方能融會貫通語音轉換法則並掌握這種記憶單字的新方法。

最後，在本章結束前，再舉例說明如何使用語音轉換，把原本看似毫無關聯的英文單字串連起來，譬如有位學生要記憶下列各字：

1. crook *n.* 彎；鉤；曲；騙子

2. crookery *n.* 不誠實；欺詐

3. crouch *v.* 彎身；蹲伏

4. crotch *n.* (人的) 胯部

5. crochet *n.* 鉤針織物

6. crotchet *n.* 鉤狀物

7. encroach *v.* 侵入

8. crotchety *adj.* 胡思亂想的，古怪的

9. crotcheteer *n.* 異想天開的人

在記憶之前，最好動動頭腦，想一個已知而又與 crook 有關的字，假定是 hook (鉤)，這時已涉及語音轉換的法則，即 h 轉換成 c (k)，輕鬆地記住 crook。一個人若不

正直，心裡老是彎彎曲曲，引申之義他就是騙子，接著就可記住抽象名詞 crookery。若一個人總是想彎下去，可能是站不住，要蹲了，如此聯想就可記住動詞 crouch，注意字尾 k 已轉成 č 音。一個若要蹲，兩腿就得先分開，進而記住 crotch。此外，crook 含有「鉤」之意，其中的 k 轉成 č，就很容易熟悉 crochet 與 crotchet。en- 表內部之義，若一國的勢力已「鉤」入他國內部，即侵入 (encroach)。若一個人善於鉤心鬥角，一定經常胡思亂想，crotchety 這個艱深的字彙，也就輕而易舉地記住了。由於 eer 是個表「人」的字尾，crotcheteer 也就附帶地記住了。

現再舉下列三個似乎很容易混淆的字：

g(1)ance

↓

1. askance *adv.* 側目而視；懷疑地
2. askew *adv.* 歪地；斜地
3. eschew *v.* 避開；遠離

因 askance (< *OF.* à esconse 'to steal a glance') 源自古法文，其意為偷偷地一瞥，所以應從一般人熟悉的 glance 入手，其中 l 在古法文裡並不存在，經語音轉換 g 變成 k 來記這個單字。然後認定側目而視的人，頭必定會歪、會斜，很容易把 askew 銘記於心。頭斜的人通常心計多，最好少跟他來往，退避三舍為妙，接著 k 轉音成 č，也就記住了 eschew 避開、遠離之意了。

下組單字，雖然難學難記，但字根卻有內在的規律可尋，那就是語音 b-p-f-v 間的轉換，若能掌握此規律，不難揭開這組單字之奧祕。劃線的部分即語音可轉換的部分。

1. rob
2. rabble
3. rabid
4. rapine
5. rapacity
6. rapturous
7. raffish
8. ravage
9. ravish
10. rave
11. ravel
12. ravenous

先從已經會的單字 rob 著手來串連這組單字。設想要搶劫的人，多半是暴民、賤民 (rabble)，其行為通常是輕浮、放蕩 (raffish)，常與人糾纏不清 (ravel)，對人發出狂言 (rave)，貪婪他人財物 (rapacity)。遇有財則強奪、搶劫 (rapine, rapacity)，遇有色則劫取女色 (ravish) 並破壞名節 (ravage)，事後飢腸轆轆 (ravenous)，對自己所作所為，一點也

不感到悔恨反而感到狂喜 (rapturous)。

最後以語音 t-d-s-š 間轉換為例來串連下組單字：

1. tent
2. tender
3. distend
4. extend
5. contend

6. contention
7. pretentious
8. ostentatious
9. ostensible
10. tense

這組單字可從已熟悉的 tent 入手，搭帳篷時必須延伸四角，故 tent 含有「延伸 (stretch)」之意。若 t 音轉換成 d 音，則 tender (柔嫩的，柔和的) 的 tend 乃「延伸」之意，係由嫩芽之延長，到了尖端則形成「纖細，脆弱」之意。distend 的 dis- 為 apart, away，有「延伸出來」之意，即「膨脹，擴張」。extend 的 ex- 為 out，有「向外延伸」之意，即「伸出，伸展」。而 contend 的 con- 為 together，有如雙方生意人同時向外延伸，爭相佔領地盤，故有「競爭，爭鬥」之意，為了拓展生意，商人彼此間會「引起爭鬥 (contention)」，注意 d 已轉換成 š 音。pretentious 與 ostentatious 同義，前者字首 pre- 與後者字首 os = ob，其義都是 before，整個字的意思就是某人把某物延伸到某人面前，即在人前展示，含「誇張，虛飾」之意。也就是說這種人表面上的目的 (ostensible purpose) 是讓你觀賞，但實際上是在炫耀。tense 是指一個人的神經、肌肉都在延伸，似乎處於緊張狀態 (tensity)。

上述所舉各字，請多在口中覆唸，才會有知有覺地體會到轉換語音的發音部位，以收舉一反三之效。

參考書目

㈠中文部分

李壬癸。1991。〈漢語的連環變化〉。《聲韻論叢》，第三輯。頁 457–471。

何大安。1987。《聲韻學中的觀念和方法》。臺北：大安。

金陵。1987。《實用英文文法與修辭》。臺北：文鶴。

袁家驊。1983。《漢語方言概要》。第二版。北京：文字改革出版社。

傅一勤。1982。〈英文也有破音字嗎？〉。《英語教學》第七卷，第二期。頁 10–17。

謝雲飛。1992。〈語音衍變的規律〉。《中國語文》第 421 期。頁 10–13。

羅肇錦。1990。《國語學》。臺北：五南。

㈡英文部分

Aitchison, Jean 1991. Language Change: Progress or Decay? New York: Universe Books.

Arlotto, Anthony. 1972. Introduction to Historical Linguistics. Boston: Houghton Mifflin Company.

Davies, Peter. 1984. Roots: Family Histories of Familiar Words. New York: McGraw-Hill.

Denning, Keith and William Leben. 1995. English Vocabulary Elements. Oxford: Oxford University Press.

Gairns, Ruth and Stuart Redman. 1986. Working with Words: A Guide to Teaching and Learning Vocabulary. London: Cambridge University Press.

Hartmann, R. K. and F. C. Stork. 1972. Dictionary of Language and Linguistics. London: Applied Science Publishers.

Huang, Lillian. 1989. "Chinese Students' Problems in English Pronunciation: A View from the Translation of English Proper Names into Chinese." Paper Presented at the Sixth Conference on English Teaching and Learning in the Republic of China, 271–286.

Hunt, Alan and David Beglar. 2002. "Current Research and Practice in Teaching Vocabulary." In Methodology in Language Teaching. Edited by Jack Richards and Willy Renandya, 258–266. Cambridge: Cambridge University Press.

Hyman, Larry M. 1975. Phonology: Theory and Analysis. New York: Holt, Rinehart and Winston.

Lass, Roger. 1984. Phonology. Cambridge: Cambridge University Press.

Lehmann, Winfred P. 1973. Historical Linguistics: An Introduction. 2nd ed. New York: Holt, Rinehart and Winston.

Palmer, Leonard R. 1972. Descriptive and Comparative Linguistics. London: Faber and Faber Limited.

Robinett, Betty W. 1978. Teaching English to Speakers of Other Languages. Minneapolis: University of Minnesota Press.

Saunders, W. A. 1962. "The Teaching of English Pronunciation to Speakers of Hokkien."

Language Learning, 12(1): 151–157.

Sloat Clarence and Sharon Taylor. 1985. The Structure of English Words. Dubuque: Kendall/ Hunt Publishing Company.

Smith, Robert W. 1966. Dictionary of English Word-Roots. New Jersey: Littlefield, Adams & Co.

Weekley, Ernest. 1967. An Etymological Dictionary of Modern English. New York: Dover Publications.

第三章
談英語詞形音位律在拼字「教」與「學」上所扮演的角色

■ 一、前　言

　　湯 (1988: 1) 指出：「認知教學觀認為語言的學習不是單純的模仿、背誦或記憶，而是運用心智推理推論的認知活動。」Hodges (1981: 2) 認為學習拼字並非是一種背誦過程 (a process of memorization)，而是一種相當複雜的智慧技能 (a highly complex intellectual accomplishment)，由此觀之，學習拼字在本質上也是一種認知的過程。

　　我國學生學習英語最感困擾之一是英語的拼字與發音的關係很不規則。[1]Baugh & Cable (1978: 35–39) 認為這是音變 (sound changes) 所造成的，所以要想有效地培養學生的英語拼字能力似乎很困難。然而 Fichtner (1976: 195) 仔細探討英語音素 (phoneme) 與字素 (grapheme) 的對應關係，發現英語的拼字系統並非如一般人所想像的那麼不規則，而是相當有規律的。根據他的研究所得的結論，百分之八十以上的音素與字素的對應關係都具有預測功能。如真是如此，在拼字教學的過程中，英語教師應把有關拼字與發音的規則簡單扼要地教給學生，這樣才能促進學生運用心智，發展到推理推論認知活動的地步，以「有知有覺」、「舉一反三」的方式來學習更多的英語生詞，然後才透過反覆不斷的練習把所學的生詞變成他們日常英語的一部分。但要把原本枯燥乏味的拼字背誦教學，轉變成趣味盎然的認知教學之前，先談談常見的英語詞形音位律，然後談其在拼字「教」與「學」上所扮演的角色。

---

[1]　為證明英語的拼字與發音的關係很不規則，蕭伯納 (George Bernard Shaw) 曾諷刺地說他可以把 fish 拼成 ghoti，其中 gh 取自 enough 的尾音，gh 唸 [f]，o 取自 women 的第一個元音，o 唸 [ɪ]，ti 取自 nation 中的 ti，ti 唸 [ʃ]，ghoti 合起來不就是唸成 [fɪʃ] 嗎？

■ 二、英語的詞形音位律 (English Morphophonemic Rules)

由於英語的詞首 (prefix)、詞尾 (suffix) 或詞根 (root) 在不同的語境 (environments) 中，常會以不同的形態與不同的語音出現，而且有規則可循，因此凡能預測某一詞素變體 (allomorph) 的分布與語音變化的規則，都可稱之為詞形音位律。而這些詞形音位律應用的範圍極為普遍而且很有用，學生必須認識、必須了解，等到學生能認識、能了解之後，經過反覆使用方能運用自如。至於不可預測的詞素變體 (unpredictable allomorphs)，學生多半得靠記憶了。

英語常見的詞形音位律 ❷ 可分為下列六大類：

⑴刪除律 (Deletion Rules)

⑵添加律 (Addition Rules)

⑶轉變律 (Change Rules)

⑷音素易位 (Metathesis)

⑸元音等次 (Vowel Gradation / Ablaut)

⑹ [r] 音化 (Rhotacism)

至於某一條詞形音位律是否可應用於某一特定的詞素 (morpheme)，一般而言，視下列情況而定：

⑴視詞素內所含的音的成分而定。

⑵視詞素含有幾個音節而定。

⑶視詞素在詞語 (word) 中的位置而定，即是否在詞語之前、之中、或之後而定。

⑷視詞素前後所緊鄰的其他詞素而定。

語音學家通常都認為最佳的音節結構 (optimal syllable structure) 是 CV(C) 或 VC 結構。但詞根與詞綴 (affix) 間的組合常形成音群 (cluster)，往往無法保持最佳的音節結構，因此常藉刪除、添加、轉變等方式把音群消滅或拆散以維持最佳音節結構。以下首先介紹刪除律。

---

❷ Jensen (1990: 160–166) 把一般語言的詞形音位律分成下列十大類：

⑴ Assimilation ⑵ Dissimilation ⑶ Insertion ⑷ Deletion

⑸ Haplology ⑹ Metathesis ⑺ Vowel Harmony

⑻ Vowel Reduction ⑼ Tone Rules ⑽ Morpheme Sequence Rules

為配合英語語言的結構以及教學上的需求，將簡化成六大類。

● 2.1 刪除律 (Deletion Rules)

刪除律是用來刪除某一詞素中的某一個音，若刪掉詞素中的首音，稱之為首音刪略 (apheresis)；若刪掉詞素中的尾音，稱之為尾音刪略 (apocope)；若刪掉詞素中的中音，稱之為中音刪略 (syncope)。使用刪除律是為了讓音節維持最佳結構的方式之一，也可解釋詞首、詞尾或詞根在詞語中的變體形式 (alternate form)。一般刪除律可分為元音刪除律、輔音刪除律以及元音與軟顎音刪除律等三類。

◑ 2.1.1 元音刪除律 (Vowel-Deletion Rules)

元音刪除律是用來刪除詞首、詞尾或詞根中的元音，常用的元音刪除律包含詞尾元音刪除 (Final Vowel Deletion)，和詞中元音刪除 (Syllable Syncopation)。

⊕ 2.1.1.1 詞尾元音刪除 (Final Vowel Deletion)

以輕讀的元音接尾的雙音節詞首或詞根，其後所接的詞根或詞尾若以元音或 h 為首，則接尾的元音須刪掉。換言之，出現於詞首末尾的弱元音 (V̆) 在詞根元音 (V) 或粗氣符 (h) 前要刪除，可用下式簡式表示之：

$$\breve{V} \to \text{ø} \ / \ \$C_0^2 \underline{\hspace{1cm}} + \begin{Bmatrix} V \\ h \end{Bmatrix} \ ❸$$

【例】

詞首	元音未刪	元音刪除
anti-	anti + body	ant + agon + ist
'against, opposite'	抗體	敵對者
epi-	epi + logue	ep + hemer + al
'over'	(戲劇的) 收場白	(昆蟲、植物) 朝生暮死的
meta-	meta + phor	met + hod

---

❸ 詞尾元音刪除律切勿應用在屬於同一音節的雙元音 (diphthong)，如 coat, noise, lie 等。此外，在希臘語裡，用元音為首所構成的詞 (word) 都必須標以送氣符 (breathing sign)。送氣符有二種：一種是柔氣符 (')(smooth breathing sign)，用於元音的上方；另一種是粗氣符 (')(rough breathing sign)，用於元音上方代表 [h] 音。所以以 [h] 音為首的英語詞素，若來自於希臘語，此 [h] 可視為粗氣符 (')。

【比較】

柔氣符 (')	粗氣符 (')
ἀντί = anti	ἁρμονία = harmonia
ἰῶτα = iota	ὡρα = hora

'beyond, changed'	隱喻	方法
apo-	apo + log + y	ap + hor + ism
'away, off'	道歉	警語，箴言

詞根	元音未刪	元音刪除
auto	auto + mob + ile	aut + arch + y
'self'	自動車 (汽車)	獨裁；專制
theo	theo + log + y	the + ism
'god'	神學	有神論

在中古英語時期，輕音節元音開始有元音減縮 (vowel reduction) 的現象。以 e 接尾的詞根，若 e 在中古英語讀音而在現代英語不讀音，則 e 須刪除，若現代英語也讀音，則 e 須保留。試比較下面的例子：

e 不讀音，刪除 [4]　　　e 讀音，保留

base + ic → basic　　　nucle + us → nucleus
　　　　　　　　　　　　　　核心，核子

line + ing → lining　　　phrase + o + logy → phraseology
　　　　　　　　　　　　　　用語；術語

bone + y → bony

應用於拼字上，此規則並非無例外。Stockwell & Minkova (2001: 123) 認為雙音節的英語詞首有六個 anti-, poly-, semi-, neo-, macro-, 和 iso- 都不能把詞尾元音刪除。例如，antioxidant, polyandrous, semiautomatic, neoembryonic, macroanalysis 和 isoelectric。此外，Sloat & Taylor (1996: 31) 特別提到詞尾元音刪除律不能應用於元音接尾的單音節之詞首。

---

[4] 下列 e 雖不讀音但不能刪除，因字母 <c> 與 <g> 只有在 e、i 或 y 之前讀軟音 (soft sound)，即 <c> 讀 [s]，<g> 讀 [dʒ]，若在其他語境則讀硬音 (hard sound)，即讀 [k] 與 [g]。今為維持 <c> 讀 [s]，<g> 讀 [dʒ]，則 e 保留不刪除。

【例】 notice + able → noticeable

peace + able → peaceable

change + able → changeable

courage + ous → courageous

【例】　單音節詞首　　　　　元音未刪

re-　　　　　　　　　re + act

'again, back'　　　　 反應；反抗

bi-　　　　　　　　　bi + ann + u + al

'two'　　　　　　　　一年二次的

pre-　　　　　　　　pre + em + pt

'before'　　　　　　 搶先取得或占用

事實上，此規則不能應用於讀重音音節之元音上，如果非使用不可，則應刪除其後所接讀輕音的元音的詞根上。

【例】　pro + em + pt → prompt

　　　　　　　　迅速的

co + ag + ent → cogent

　　　　　　令人信服的

同理類推，也可以解釋英語的縮略詞 (contractions) 如 I'm, we're, we've, she's 等。

✛ 2.1.1.2　詞中元音刪除 (syllable syncopation)

成節輔音 (syllabic consonant) 如英語的 [n] 或 [r]，之前的輕讀元音，其後若接元音為首的詞尾時，為簡化音節數，則 er, or 或 en 中的元音 e 或 o 刪除。若重讀，則不刪除，如 matérial, victórious。可用下列簡式表之：

$$\breve{V} \rightarrow \varnothing / \underline{\quad\quad} r + \$$$

詞語／詞根	e / o 未刪	e / o 刪除
center	center	centr + al
	中心	中心的
enter	enter	entr + ance
	進入	入口
peter	Peter	petr + ify
'rock'	彼得 (男子名)	石化，僵化
meter	dia + meter	metr + ic
'measure'	直徑	米突制的

act	actor	actr + ess
'do, drive'	演員	女演員
av	aviator	aviatr + ix
'bird, fly'	飛行員	女飛行員

另一種元音 e 的刪除是以 w 接尾的單音節動詞，其後若接過去分詞的詞素 {-en}，則 e 須刪掉，如：

blow + en → blown

mow + en → mown

draw + en → drawn

hew + en → hewn

應用於拼字上，此規則並非無例外，Stockwell & Minkova (2001: 124) 提到一些例外詞，如 dangerous, preferable, federal, history, factory, motorist 等。❺

◑ 2.1.2　輔音刪除律 (Consonant-Deletion Rules)

輔音刪除是指輔音接尾的詞首或詞根，其後若接輔音為首的詞根或詞尾，則接尾的輔音須刪除，主要是為保留最佳的音節結構，而有時則是為了避免同發音部位的音或發音部位相近的音相鄰在一起，造成發音上的困難。輔音刪除律共分 n 的刪除、d 的刪除、x 的刪除、s 的刪除和疊音刪簡等五類。

✛ 2.1.2.1　n 的刪除 (n-Deletion)

㈠源自於希臘語的否定詞首 an- 'not, without'，其後若接輔音為首的詞根，為維持最佳

---

❺ 【比較】caliber /ˈkæləbɚ/ n. (槍砲等的) 口徑

　　　　calibrate /ˈkæləˌbret/ v. 量 (槍砲等的) 口徑

-lib- 音節介於主重音節與次重音節間，分開了二者，所以 er 中的 e 省略了。因此，Stockwell & Minkova (2001: 124) 認為有些 er 中的 e 不省略是為了分開主重音節與次重音節，以防二者相連碰撞 (stress clash)，所以 er 中的 e 不可省。

【例】　詞根　　　　　e 未刪

liber　　　　liberate /ˈlɪbəˌret/

'free'　　　　解放，釋出

celer　　　　accelerate /ækˈsɛləˌret/

'fast'　　　　加速，增速

的音節結構，刪掉鼻音 [n]。

$$n \rightarrow \emptyset / \underline{\hspace{2em}} + \$$$

【例】<u>n</u> 未刪

<u>an</u> + arch + y

無政府狀態

<u>an</u> + onym + ous

匿名的

<u>an</u> + hydr + ous

無水的

<u>n</u> 已刪

<u>a</u> + tom + ic

原子的

<u>a</u> + mor + al

和道德無關的

㈡源自於拉丁語詞首 con- 'together, with', 跟源自於希臘語的否定詞首 an- 不同，其後若接元音或 h 為首的詞根，則刪除鼻音 [n]。

$$\text{con-} \rightarrow \text{co-} / \underline{\hspace{2em}} \left\{ \begin{array}{c} V \\ h \end{array} \right\} \text{⑥}$$

【例】<u>n</u> 未刪

<u>con</u> + fer

商談，商議

<u>n</u> 已刪

<u>co</u> + auth + or

合著者

---

⑥ Chambers 的詞源詞典 (2000: 3) 指出：「古典學者在十六與十七世紀想在英語拼字上添加 h，但古法語和拉丁語的首音 [h] 在英語詞彙裡仍然從缺。」

如：able < *OF* able / hable < *L* habilis

此外，Stockwell & Minkova (2001: 119) 也有類似的說法，他們認為借自於羅馬語系 (Romance Language) 的英語詞彙，若有首音 [h-]，發音時將成啞音，但因受固有詞彙 (native words) 如 house, horse, hot 的影響，基於類比 (analogy) 的思考，拼字時，<h-> 就被保存下來了，但造成有些詞有二種不同的發音。

【例】 1. (h)onor < *OF* onor / honor < *L* honor
/ˈɑnɚ/
2. (h)erb < *OF* erbe / herbe < *L* herba　　古法語詞彙裡有 <h-> 跟沒 <h-> 混用。
/ɝb, hɝb/
3. (h)umor < *OF* umor / humor < *L* hūmor
/jumɚ, ˈhjumɚ/

綜合以上所述，欲應用此規律刪除 n，<h-> 可視而不見。

con + clud + e　　　　　　co + oper + ate

結束，完結　　　　　　　　合作

　　　　　　　　　　　　　co + hab + it

　　　　　　　　　　　　　同居

　　　　　　　　　　　　　co + her + ent

　　　　　　　　　　　　　(文章等) 有條理的

　　在現代英語中 co- 似有活用之趨勢，所造的詞常常不受上述規律的限制，如 Stockwell & Minkova (2001: 121) 所舉的例子：coven, co-father, co-founder, co-driver, co-conspirator, co-constituent, co-conscious。

㈥ syn- 'together, with' 是源自於希臘語的詞首，其後若接 s 為首的詞根，則 n- 須刪除。

　　可由下列簡式表示之：

$$syn- \rightarrow sy / \underline{\quad\quad} + s$$

【例】n 未刪　　　　　　　　　n 已刪

syn + tax　　　　　　　　　sy + st + em

造句法　　　　　　　　　　　系統

✛ 2.1.2.2　d 的刪除 (d-Deletion)

　　以 <d> 或 <de> 接尾的詞根所形成的動詞，其後若接 s 為首的詞尾，為避免同發音部位都是齒齦音的 [d] 和 [s] 並列在一起時，會形成發音上的困難，因此 d 必須刪掉。可由下式簡單地表示之：

$$d(e)\# \rightarrow ø / \underline{\quad\quad} + s$$

【例】詞根　　　　　　動詞　　　　　　　　d 已刪除

cid　　　　　　　　de + cid + e　　　　　de + ci + sion

'cut, kill'　　　　　決定　　　　　　　　決定

clud　　　　　　　con + clud + e　　　　con + clu + sion

'close'　　　　　　結論　　　　　　　　結論

pend　　　　　　　ex + pend　　　　　　ex + pen + sive

'pay'　　　　　　　花費　　　　　　　　昂貴的

✛ 2.1.2.3　x 的刪除 (x-Deletion)

詞首 ex- 若其後接濁聲輔音 (voiced consonant) 的詞根，則 x 必須刪除。可由下式簡單地表示之：

$$x \rightarrow \emptyset / \underline{\quad\quad} + \begin{bmatrix} C \\ +voice \end{bmatrix}$$

【例】x 未刪	x 已刪
ex + pel	e + duc + ate
驅逐	教育
ex + tend	e + ras + e
伸出	擦掉，抹去
ex + it	e + mit
出口	放射 (光、熱等)
ex + od + us	e + ject
大批離去	噴出 (熔岩、火山灰等)

因為 *ksd, *ksr, *ksm... 之類的輔音結構違反了英語語音的排列順序的限制 (phonotactic constraint)，英語不允許三個連續的輔音 $C_1C_2C_3$，其 C_1C_2 分別為清聲塞音 (stop) 和擦音 (fricative)，其後緊接另一個 C_3 為濁聲輔音，現只好刪掉 x，以免違反語音規則。

✛ 2.1.2.4　s 的刪除 (s-Deletion)

在拼字過程中，拼字字母 <s>，若緊接在詞首 ex- 'out, away' 之後，為避免二個絲音 (sibilants) 並列在一起時產生發音上的困難，只好刪掉 <s> 來解決。可由下列簡式表示之：

$$<s> \rightarrow \emptyset / <ex-> + \underline{\quad\quad}^{❼}$$

---

❼　我國學生常迷惑不解，為什麼同一個字母 x，在 expect, explain, exercise, execute 字裡讀 /ks/，而在 example, exist, exact, executive 字裡讀 /gz/。由於 x 通常讀 /ks/，但其後若緊接讀重音的元音字母，則 k 先經格林法則 (Grimm's law) 轉換成 h，然後再經維爾納法則 (Verner's law) 轉換成 g，但 s 受到其前濁聲 g 的同化而順勢濁化成 z。

【例】 詞根   s 未刪   s 已刪

spec	re + spec + t	ex + pec + t
'look, see'	尊敬	期待；預期
sist	re + sist	ex + ist
'be, remain'	抵抗；對抗	存在
spir	in + spir + e	ex + pir + e
'breathe'	鼓舞	吐氣；(期限等) 屆滿

現以 expect 為例，說明從底層結構到表層結構的變換過程如下：

底層結構   / e[ks] + [s]pec + t /

s 的刪除   e[ks] + pec + t

表層結構   expect

s 的刪除在古拉丁語裡非常普遍，但隨著時間的流逝而有所變化，後期拉丁語的借詞 (從拉丁語借到英語的詞彙) 之中，有些 s 並未刪除。Stockwell & Minkova (2001: 114) 引用《牛津英語詞典》(OED) 所舉的一些 s 並未刪除的例子：exscind (1662), exscribe (1607), exsert (1665), exsiccate (1545), exstipulate (1793) 等。此外，ex- 需要詞語的界線 (word boundary) # 時， s 也不能刪除。

【例】 [ex#[spouse] *n*]*n* → ex-spouse

[ex# [service] *adj*] *adj* → ex-service

✥ 2.1.2.5　**疊音刪簡** (haplology)

某一個音或某一個音節因與後面鄰近的音相同或相似，為避免連在一起使得發音不易，於是前一個音或音節就會發生刪除的現象，如 a a > a (參閱 Jensen, 1990: 162)。

【例】 (a)重複音的刪除：

chaff + finch → chaffinch 燕雀 (分佈於歐洲)

neck + kerchief → neckerchief 圍巾

eight + ty → eighty 八十

(b)重複音節的刪除：

$$\begin{Bmatrix} p \\ t \\ k \end{Bmatrix} \xrightarrow{\text{Grimm's law}} \begin{Bmatrix} f \\ \theta \\ h \end{Bmatrix} \xrightarrow{\text{Verner's law}} \begin{Bmatrix} b \\ d \\ g \end{Bmatrix} \Big/ \quad \underset{[-\text{accent}]}{V} \underline{\quad\quad}$$

simple + ly → simply 簡單地

gentle + ly → gently 輕輕地

prob + able + ly → probably 或許

idle + ly → idly 懶惰地

◉ 2.1.3　元音與軟顎音刪除律 (Vowel $\begin{Bmatrix} [k] \\ [g] \end{Bmatrix}$ -Deletion)

以字母 <c> 或 <g> 接尾的詞根，其後若接詞尾 y，則元音與後面的輔音 c 或 g 都要刪除，可由下列簡式表示之：

$$V \begin{Bmatrix} [k] \\ [g] \end{Bmatrix} \rightarrow \varnothing \, / \, \underline{\hphantom{xxx}} + y$$

【例】詞根	$V \begin{Bmatrix} [k] \\ [g] \end{Bmatrix}$ 未刪	$V \begin{Bmatrix} [k] \\ [g] \end{Bmatrix}$ 已刪
spec	spec + t + acle	spec + y → spy
'look, see'	景象；奇觀	間諜
fac	de + fec + tion	de + fac + y → defy
'do, make'	缺點；背叛	不服從
neg	neg + a + tion	de + neg + y → deny
'not, no'	否定	否認
lig	re + lig + ion	re + lig + y → rely
'bind'	宗教	依賴
plec	com + plex	im + plec + y → imply
'fold, twine'	複雜的	意指，暗示

● 2.2　添加律 (Addition Rules)

添加律是用來解釋一串音連續發出時，常有音素增加而增添字母，通常會導致詞形改變。添加律通常分成輔音添加與元音添加二類。

◉ 2.2.1　輔音添加 (Consonant Addition 或 Epenthesis)

輔音添加現象經常發生在詞根與詞尾之間，可分 p 的添加、d 的添加、t 的添加與

輔音重疊四類。

✥ 2.2.1.1　p 的添加 (p-Addition)

由於發完前一個音後，發音部位和方法並沒有立即調整到第二個音的發音部位和方法，因此會在詞根與詞尾之間增加一個過渡音。例如 dreamt (詞根 dream + 詞尾 t) 常被讀成 /drɛmpt/，[p] 出現在 [m] 和 [t] 之間，這是因為發完 [m] 音之後，應當把發音部位和方法同時調整到 [t] 的發音部位和方法，但唇舌反應並沒有那麼快速，因 [m] 是雙唇鼻音而 [t] 是齒齦塞音，[m] 與 [t] 在一起時，發音部位不同，往往形成發音上的困難，因此增加一個雙唇清聲塞音 [p] 來拉長發音的時間。受後面 [t] 的影響，發完 [m] 之後，聲帶就停止顫動，所以添加的音是清聲的 [p]，而不是濁聲的 [b]。上述例子對記憶生詞頗有助益，可用下列簡式表示之：

$$ø → p / m \underline{\quad\quad} + t$$

【例】詞根	未添加 p	添加 p
sum	con + sum + e	con + sum + pt + ion
'expend'	消耗	
em	red + eem	red + em + pt + ion
'take, buy'	贖回，收回	

✥ 2.2.1.2　d 的添加 (d-Addition)

為了易於比較，古英語與現代英語的例子 (見 Arlotto, 1972: 79) 列舉如下：

古英語	現代英語
æmtig	empty
ganra	gander
þunor	thunder
spinel	spindle [8]

---

[8]　Becker 等人 (1980: 28) 把 -le 視為 VC 而非 CV 的組合，換言之，-le 應視為 -el。

"The morphograph le should be considered a vowel-consonant (VC) combination rather than a consonant-vowel (CV) combination."

【例】set + le → settle

mud + le → muddle

在上述例子中，現代英語的 p 與前音 m 或 d 與前音 n，二者間發音部位都相同，故 p 與 d 視為增音。類似的例子，如希臘語的 andros (男人的) 是由 anros 來的 (見 Weekley, 1967: 47)，其中的 d 也是增音，借入英語後，d 仍然存在，例如 androgen (雄性激素)，polyandry (一妻多夫制)，Andrew (安德魯；男子名)。依據上述的例子可歸納出另一條添加律，那就是鼻音 [n] 之後若接音節性流音 (syllabic liquid)，二者間可插入塞音 d 而非 t，這是濁聲音同化的緣故，可由下列簡式表示之。

$$\emptyset \to d \, / \, n\_\_\_\_ \left\{ \begin{array}{c} \mathrm{r} \\ \mathrm{l} \end{array} \right\}$$

另一種 d 的添加完全是為了維持最佳的音節結構，不讓二個元音相鄰在一起，如 re- / se- 的詞素變體 (allomorph) red- / sed- 只出現於元音為首的詞根前面。

$$\text{re-} \to \text{red-} \, / \, \_\_\_\_ + V$$
$$\text{se-} \to \text{sed-} \, / \, \_\_\_\_ + V$$

【例】詞首	未添加 d	添加 d
re-	re + trac + t	red + und + ant
'back'	縮回	多餘的
se-	se + duc + e	sed + it + ion
'apart'	誘拐	(反政府的) 煽動

至於下列兩例為何添加清聲塞音 t 而非 d，迄今仍無圓滿解釋，暫列入例外字行列。

【例外】 gen + t + le → gentle

horizon + t + al → horizontal

✥ 2.2.1.3　t 的添加 (t-Addition)

源自於希臘語的名詞詞尾 -ma 或 -me，其後若接元音為首的詞尾如 -ic，為維持最佳的音節結構，應先添加 [t] 音，可由下列簡式表示之：

$$\left. \begin{array}{c} \text{-ma} \\ \text{-me} \end{array} \right\} \to \text{-mat} \, / \, \_\_\_\_ + V$$

【例】 drama + ic → dramatic 戲劇的

trauma + ic → traumatic 外傷的

theme + ic → thematic 主題的

scheme + ic → schematic 概要的，圖解的

✤ 2.2.1.4　輔音重疊 (Consonant Doubling)

詞根的結構若是 CVC# 且重音落在元音上，其後接元音為首的詞尾，則在接詞尾之前，最後輔音應先重複，見下式：

$$C\acute{V}C\# \rightarrow C\acute{V}CC / \underline{\hspace{1.5cm}} + V$$

【例】pre + fér + ed → preferred

　　　pro + pél + ant → propellant

　　　pót + ery → pottery

　　　swím + ing → swimming

　　　súm + ary → summary

　　　dóg + ie → doggie

Becker 等人 (1980: 28) 認為 le 是屬於 VC 組合而非 CV 組合，並視 y 為元音，因此輔音重複律也可應用於下面的例子：

　　　sét + le → settle

　　　snúg + le → snuggle

　　　jíg + le → jiggle

　　　skín + y → skinny

　　　háp + y → happy

　　　fún + y → funny

輔音重疊雖指拼字重疊，但在讀音上卻單讀，故並未違反英語裡重疊輔音的限制。

✤ 2.2.2　元音添加 (Vowel Addition 或 Epenthesis)

元音的增添可分為 u 的添加與增添嵌內詞二類。

✤ 2.2.2.1　u 的添加 (u-Addition)

詞根若以輔音 <c> 與成節流音 (syllabic liquid) <le> 收尾，為了維持最佳的音節結構而避免兩個輔音相鄰出現，在接詞尾前，先將 u 插入輔音群之間，可由下列簡式表示之：

$$le \rightarrow ul \ / \ C\underline{\quad\quad} + V$$

【例】 miracle + ous → miraculous 神奇的

angle + ar → angular 有角的

fable + ous → fabulous 神話的；荒謬的

people + ation → population 人口

title + ar → titular 名義上的

依據上面的例子，可以確知使用 u 添加律之前，應先使用最後元音刪除律，先刪掉發「啞音 (mute)」的 e。應用於拼字上時，此規則並非無例外。Stockwell & Minkova (2001: 126) 提到一些例外詞，如 simple / simplex, bible / bibliophile, cycle / cyclical 等。至於下面兩例，為何添加 i 而非 u，可能牽涉到元音和諧 (vowel harmony)，即與詞尾 + ity 或 +ize 中的 i 有關。

【例外】 able + ity → ability 能力

possible + ity → possibility 可能性

stable + ize → stabilize 使穩定

⊕ 2.2.2.2　增添嵌內詞 (Interfix Addition)

Denning & Leben (1995: 49) 指出有些詞根不能直接連接詞尾或另一詞根，除非增添嵌內詞 (interfix)，如 i、o 或 u 於詞根與詞尾之間或詞根與詞根之間。這是由於古拉丁語、古希臘語為表示性別、單複數、時式等，在演變的過程中所殘留的形式 (relic form)。至於增添哪一個，迄今似乎仍無法預測。[9]

$$\varnothing \rightarrow V \ / \ \underline{\quad\quad} + [\ morpheme\ ]$$

---

[9]　但 Scalise (1984: 76) 認為可以預測，方式如下：

We are able to express both the fact that it is o that appears when the second element is [+ Greek], and the fact that it is i that appears when the second element is [+ Latinate], as seen in (i) and (ii), respectively:

(i) music + logy → musicology

history + graphy → historiography

German + phile → Germanophile

(ii) con + fer → conifer

insect + cide → insecticide

herb + vore → herbivore

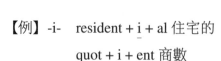
【例】 -i- resident + i + al 住宅的

　　　　quot + i + ent 商數

　　 -o- phon + o + log + y 聲韻學

　　　　Sin + o + log + y 漢學

　　 -u- act + u + al 實際的

　　　　punct + u + ate 加標點於

● 2.3　轉變律 (Change Rules)

　　轉變律是用來解釋為什麼詞首、詞尾或詞根在不同的語境中，會以不同的形態與不同的語音出現，並說明某一詞素變體的分佈情形。轉變律可分成同化、異化、弱化、v 的元音化、e、t、y 的轉變等。

◑ 2.3.1　輔音的同化 (Consonant Assimilation)

　　同化有完全與部分的區別。完全同化是指發音部位和發音方法上的語音特徵加以改變後，完全相同於鄰近的音。部分同化是指一個音使鄰近的另一個音跟自己發音部位或發音方法相同。輔音的同化依據變化的條件再細分成順同化 (progressive assimilation) 和逆同化 (regressive assimilation) 兩種。

✛ 2.3.1.1　順同化 (progressive assimilation)

　　所謂順同化，即前一個音影響後一個音。發生這種同化現象的原因是因前一個音發完以後，緊接著就發後一個音，發音部位或發音方法一時來不及改變，以致把後一個音給同化了。譬如，英語的動詞第三人稱單數現在式中 s 的讀法。

✛ 2.3.1.2　逆同化 (regressive assimilation)

　　所謂逆同化，即後一個音影響前一個音。發生這種同化的原因是由於說話者在未發前一個音時，已經預料要發後一個音，並開始準備發後一個音，但在這準備的當下發出了前一個音，因而前一個音受了影響，被後一個音同化，如拉丁語 in- 是表否定意義的詞首，但加在以 r、m 為首音的詞根前面時，in- 中的 n 就被 r、m 完全同化，因而 in- 就變成 ir-、im-，例如：

　　　　irrationalis (不合理的) < inrationalis (拉丁語)

　　　　immobilis (不動的) < inmobilis (拉丁語)

經完全同化後而產生的重複音如 mm 或 rr，切勿刪除其中任何一個。Sloat & Taylor (1996: 57) 把常見的詞首經過全部逆同化或部分逆同化作用後，列成下表，最左邊所列的是常見的九個詞素，其他則是這九個詞素在不同語境中，以不同形態出現的詞素變體的分布情形。

Following Consonant

Prefix	b	c	f	g	l	m	n	p	r	s	t
ad-	ab-	ac-	af-	ag-	al-		an-	ap-	ar-	as-	at-
sub-	sub-	suc-	suf-	sug-		sum-		sup-	sur-		
ob-	ob-	oc-	of-					op-			
in-	im-				il-	im-		im-	ir-		
en-	em-					em-		em-			
con-	com-				col-	com-		com-	cor-		
syn-	sym-				syl-	sym-		sym-			
ex-			ef-								
dis-			dif-								

現以 ad- 與 sub- 為例，說明逆同化，以填補表中不足之處。ad- 和 sub- 其後所接的詞根若以 sp-, st-, sc- 起頭，將有特別的變化，除逆同化外，為了簡化音節還要刪除詞首 [s] 音，以下舉 aspire, astringent 和 ascend 為例。

⑴底層結構　　　　　／ ad + spir + e ／

　完全逆同化　　　　as + spir + e

　重複音刪除　　　　a + spir + e

　(刪除詞首 [s] 音)

　表層結構　　　　　aspire

astringent 和 ascend 其底層結構分別為 ／ ad + string + ent ／ 和 ／ ad + scend ／，至於如何到表層結構的變換過程與 aspire 相同。

再舉 suspect, sustenance, susceptible 為例，說明從底層結構到表層結構變換過程如下：

⑵底層結構　　　　　／ sub + spect ／

　完全逆同化　　　　sus + spect

　重複音刪除　　　　su + spect

　　(刪除詞首 [s] 音)

　　表層結構　　　　　suspect

⑶底層結構　　　　　/ sub + cap + t + ible /

　　<a> 的弱化　　　　sub + cep + t + ible

　　完全逆同化　　　　sus + cep + t + ible

　　重複音刪除　　　　su + cep + t + ible

　　(刪除詞首 [s] 音)

　　表層結構　　　　　[sə'sɛptəbl̩]

　　但正確拼法是 susceptible，其中第二個 s 不發音。

⑷底層結構　　　　　/ sub + ten + ance /

　　部分逆同化　　　　sus + ten + ance

　　表層結構　　　　　sustenance

若 sub- 需要詞語的界限 (word boundary) # 時，就不會產生同化的語音變化。

【例】[sub# [species] _n_] _n_ → subspecies

　　　[sub# [stance] _n_] _n_ → substance

　　　[sub# [script] _n_] _n_ → subscript

逆同化現象也會發生在聲的同化 (voicing assimilation) 上。如濁聲輔音接尾的詞根，其後若接清聲輔音，則濁音被清音同化為清音。

$$\begin{bmatrix} C \\ + \text{voice} \end{bmatrix} \rightarrow [- \text{voice}] / \underline{\quad} + \begin{bmatrix} C \\ - \text{voice} \end{bmatrix}$$

【例】詞根	未同化	濁音清化
ag	ag + ent	ac + t
'act'	代理人	行動
frag	frag + ile	frac + t + ure
'break'	易碎的	破裂
seg	seg + ment + able	in + sec + t
'cut, split'	可分割的	昆蟲
scrib	in + scrib + e	scrip + t
'write'	(在石碑上等) 雕刻	(與印刷相對的) 手寫

nub	con + nub + ial	nup + t + ial
'marry'	夫妻的	婚禮的

　　了解同化現象便等於是了解英文詞彙本身可循的內在規律，自然對記憶生詞助益甚大，至少不必像 Smith (1966) 依據表層結構的不同，將詞首或詞根一一列舉，並加以記憶。[10]

◑ 2.3.2　異化 (dissimilation)

　　當發音方法或發音部位相同或相似的音靠得很近，它們重疊在一起，由於互相排斥，不能相容，於是其中的一個音變成異化音，也就是變得和它原本相同或相似的音不一樣了，這種變化稱之為異化作用。異化一般又分順異化和逆異化兩種。

✜ 2.3.2.1　順異化 (progressive dissimilation)

　　所謂的順異化是指前面的音促使後面的音發生變化的異化作用，如拉丁語 marmor (大理石) 傳到法語就變成了 marbre，第二個 [m] 被第一個 [m] 異化為 [b]；法語的 marbre 借入英語，又變為 marble，第二個 [r] 又被第一個 [r] 異化為 [l]。又如法語的 pourpre 和 laurier 傳到英語，分別變成 purple 和 laurel，第二個 [r] 被異化為 [l]，這種 [r] 變成 [l] 的現象，就是典型的異化音。

✜ 2.3.2.2　逆異化 (regressive dissimilation)

　　所謂的逆異化是指在後的音促使在前的音發生變化的異化作用。如拉丁語 fragrāre (嗅出、聞出) 傳到法語變為 flairer，第一個 [r] 被第二個 [r] 異化成 [l]。法語 flairer 傳入英語仍是 flair (敏銳的嗅覺)，除了刪除掉法語動詞詞尾 er 外，並無任何改變。又如表

---

[10]　Smith (1966) 不分已同化和未同化的詞根和詞首，全依表層結構的不同，一一 列舉，如：

ad-, ab-, ac-, af-, ag- al-, an-, ap-, as-, at- }	'to, toward, against'	(p. 5)
sub-, suc-, suf- sug-, sup-, sur- }	'under'	(p. 180)
ob-, oc-, of-, op-	'to, toward, against'	(p. 90)
in-, im-, il- , ir-	'in, not'	(p. 66)
ag, act	'to do, to drive'	(p. 5)
frag, fract	'to break'	(p. 53)
scrib, script	'to write'	(p. 119)

否定的詞首 in-，其後接 noble 或 nominy 變成 ignoble「卑鄙的；下流的」與 ignominy「恥辱；不名譽」都是由於異化的結果。

● 2.3.3 元音的弱化 (Vowel Weakening)

所謂弱化是指語音在進行狀態中，有時會受聲壓影響而變得較弱。一般而言，比較低的元音比比較高的元音聲壓大。Sloat & Taylor (1996: 59) 把元音的弱化分為三類：<a> 的弱化 (a-Weakening)、<e> 的弱化 (e-Weakening) 與雙重弱化 (Double-Weakening)。

✤ 2.3.3.1 <a> 的弱化 (a-Weakening)

借自於拉丁語的英語詞彙，若有元音弱化現象，則是沿襲拉丁語的弱化方式。因詞首的添加，拉丁語的詞根退居第二音節，其元音常被弱化。由於拉丁語元音 [a](其字母拼法是 <a>) 發音時，嘴張得很大，口腔前部空間比後部大，咽腔空間很小，所以聲壓大，也是所有元音當中聲壓最大者，若轉變成 [e](其字母拼法是 <e>)，則稱之為 <a> 的弱化，這種弱化所影響的是含有元音 <a> 的詞根，若該詞根出現在第一音節以外的音節，則 <a> 變成 <e>，否則保持原狀不變。試比較拉丁語 factum 'made' 與 confectum 'completed'。<a> 的弱化，可由下列簡式 (其中 $ 代表任何音節) 表示之：

$$< a > \rightarrow < e > / \ \$ + \underline{\quad\quad}$$

下列是借自拉丁語詞根且其元音有 <a> 弱化的英語例子：

【例】詞根	未弱化	已弱化
	(<a> 在第一音節)	
fac	fac + t + ory	con + fec + t + ion + er
'do, make'	製造廠	糖果 [點心] 製造人
cap	cap + t + ure	ex + cep + t
'take, contain'	捕捉	除…之外
art	art	in + ert
'skill, capability'	技術，技巧	無活動力的，惰性的
ann	ann + u + al	bi + enn + i + al
'year'	一年一次的	二年一次的

若添加的詞首為 ad-, in-, re-, <a> 的弱化會有例外的現象。

【例】 詞首　　　　　　　　　未弱化

ad-　　　　　　　　　　adapt, attract, adjacent

in-　　　　　　　　　　inactive, insane, irrational

re-　　　　　　　　　　react, recall, recapture, relapse, retract, recalcitrant

✚ 2.3.3.2　　<e> 的弱化 (e-Weakening)

含有元音 e 的詞根並以一個輔音結尾，出現在第一音節以外的音節，而且後面接著一個元音為首的詞尾，則 <e> 就變成 <i>。由於比較低的元音比比較高的元音聲壓大，所以稱之為 e 的弱化，可由下列簡式表示之：

$$<e> C_1 \rightarrow <i> C_1 \, / \, \$ + \underline{\hspace{1.5cm}} + V$$

【例】 詞根　　　　　　未弱化　　　　　　　已弱化

$$\begin{bmatrix} <e> \text{在第一音節} \\ \text{或} <e> \text{詞根之後接輔音} \\ \text{或} <e> \text{以二個輔音結尾} \end{bmatrix}$$

詞根	未弱化	已弱化
spec	spec + t + acle	con + spic + u + ous
'look, see'	景象；奇觀	顯著的
	re + spec + t	
	尊敬	
ten	ten + aci + ous	con + tin + ence
'hold'	抓住不放的	自制；自律
	con + ten + t	
	內容；含量	
sed	sed + ent + ary	pre + sid + ent
'sit'	慣坐的；久坐的	總統
err	ab + err + ant	
'wander, go wrong'	越乎常軌的；異常的	
pend	de + pend + ent	
'hang'	依賴的	

然而，Stockwell & Minkova (2001: 110) 指出：若詞根是以流音或鼻音 [r, l, m, n] 接尾，<e> 的弱化就不能應用。

【例】 詞根   未弱化

dem   en + dem + ic

'people'   (疾病) 某一群人所特有的

del   in + del + i + ble

'wipe out'   難擦掉的

her   in + her + it

'heir'   繼承

✪ 2.3.3.3 　雙重弱化 (Double-Weakening)

某些詞根可先後應用 <a> 弱化與 <e> 弱化。若有一個含有 a 的詞根出現在非詞首的位置，而且後面緊接著是個元音，那麼可先應用 <a> 弱化而產生 <e>，再進行 <e> 的弱化。譬如，tag 這個詞根出現在 contiguous 這個單字裡，就經過了雙重弱化的作用。

【例】 詞根   <a> 的弱化   雙重弱化

tag   in + teg + r + al   con + tig + u + ous

'touch, feel'   完整的；主要的   相鄰的

fac   de + fec + t   de + fic + i + ent

'do, make'   缺點   有缺點的；不足的

ag   vari + eg + ate   in + trans + ig + ent

'act'   使呈雜色；   不妥協的

                 使有差異

◖2.3.4 　v 的元音化 (v-Vocalization)

以 v 結尾的詞根 (如 av, ev, nav, salv, solv, volv)，其後所接的是個輔音，則 v 轉變成 u，否則 v 仍舊保留，可由下列簡式表示之：

$$v \rightarrow u \, / \, \underline{\hspace{2cm}} + C$$

(小 v 代表輔音字母 v，大 V 代表元音字母)

【例】 詞根   v 未變   v 已變成 u

volv	re + <u>volv</u> + e	re + <u>volu</u> + t + ion
'turn, roll'	旋轉	旋轉；革命
solv	re + <u>solv</u> + e	<u>solu</u> + t + ion
'loosen, unbind'	分解；解決	溶解；分解
nav	<u>nav</u> + y	<u>nau</u> + t + ic + al
'boat, sail'	海軍	船舶的；航海的

　　輔音 v 變成元音 u 也是為了維持最佳的音節結構，不讓二個輔音 (如 -vt-) 相鄰在一起，造成發音不易，至於 u 為何變成 v 而不是變成其他的輔音？這可能是由於語音相近的關係，我們不是常說某人字跡潦草，常常 uv 不分嗎？從下面的例子可顯示出 u 與 v 它們倆似乎是患難之交，難捨難分。

　　【例】 Peru *n.* 祕魯 → Per<u>uv</u>ian *adj.* 祕魯的；祕魯人的

　　　　　uncle *n.* 叔父；伯父；舅父 → av<u>u</u>ncular *adj.* 叔父的；伯父的；舅父的

　　　　　all<u>uv</u>ium *n.* 《地質》沖積層

　　　　　antedil<u>uv</u>ian *adj.* 諾亞時代的大洪水之前的；太古的

◗ 2.3.5　e 的轉變 (e-Change)

　　<-el> 接尾的詞根如 cel, pel，其後若接輔音 [s] 或 [t]，則 <-el> 轉變成 <-ul>，可由下列簡式表示之。

$$\text{el} \rightarrow \text{ul} / \underline{\quad\quad} + \left\{ \begin{matrix} \text{s} \\ \text{t} \end{matrix} \right\}\ ⑪$$

【例】 詞根	el 未變	已變成 ul
cel	<u>cell</u> + ar	oc + <u>cul</u> + t

---

⑪　Stockwell & Minkova (2001: 110) 把 e 的轉變視為後音的同化 (backness assimilation)。[l] 音若在輔音之前如 [s] 或 [t] 或在末尾如 table，這個 [l] 音已被軟顎化 (velarized) 了，屬於暗的或後的 [l] 音 (dark l or back l)。為了發音上的方便 (ease of articulation)，後面的 [l] 音同化鄰近的前元音 e 而變成後元音 u。這只是大略的概念而已，至於真正的原因並不完全清楚。下列的例句僅供參考而已，音節的末尾接 l，其前的元音則多半唸 [u] 音。

　　【例】 1. Only a <u>foo</u>l would fill the glass so fu<u>ll</u>.

　　　　　2. <u>Pu</u>ll that man out of the p<u>oo</u>l.

'hide, cover'	地窖	隱藏的
pel	ex + <u>pel</u>	ex + <u>pul</u> + s + ion
'push'	逐出，開除	逐出，開除

◑ 2.3.6　t 的轉變 (t-Change)

　　詞根或詞尾若以 t 接尾，其後若接含有前元音為首的名詞詞尾 {-y, -e, -is, -ia} 其中的任何一個，則 [t] 音轉變成 [s] 音，但字母可拼成 <s> 或 <c>，可由下列簡式表示之：

$$t \rightarrow s \,/\, \underline{\quad\quad} + \begin{Bmatrix} \text{-y} \\ \text{-e} \\ \text{-is} \\ \text{-ia} \end{Bmatrix}$$

　　【例】vac + an<u>t</u> + y → vacancy 空缺

　　　　　ad + ol + esc + en<u>t</u> + e → adolescence 青春期

　　　　　syn + the + <u>t</u> + is → synthesis 綜合；合成

　　　　　an + esthe<u>t</u> + ia → anesthesia 麻醉

◑ 2.3.7　y 的轉變 (y-Change)

　　Sloat & Taylor (1996: 70) 提到以輔音 + y 接尾的詞根或詞尾，若其後接有詞尾，則輔音 + y 裡的 y 就要轉變成 i。

　　【例】marr<u>y</u> + age → marriage

　　　　　var<u>y</u> + ation → variation

　　　　　rel<u>y</u> + able → reliable

　　　　　victor<u>y</u> + ous → victorious

　　　　　compl<u>y</u> + ment → compliment

　　　　　bus<u>y</u> + ness → business

　　　　　stud<u>y</u> + ed → studied

　　　　　famil<u>y</u> + al → familial

　　　　　enem<u>y</u> + es → enemies

　　y 的轉變規則不能應用於下列情況：

⑴元音 + y

pay + er → payer

enjoy + able → enjoyable

【例外】day + ly → daily

⑵以 i 為首的詞尾

study + ing → studying

rely + ing → relying

● 2.4 音素易位 (Metathesis)

上述的刪除律、添加律與轉變律都是可預測的詞形音位律，然而音素易位卻是不可預測的 (unpredictable)，無規則可循的，所以在學習英語的過程中，如有音素易位的詞彙，只好背誦之。音素易位就是互換兩個音素的前後位置，可分為近接易位與遠接易位。

◗ 2.4.1 近接易位 (Contiguous metathesis)

相接的兩個音素之間沒有其他的音素插入，它們僅僅互相交換位置，其中以 [r] 音最常與其他的音素互換位置，如 ax > xa。

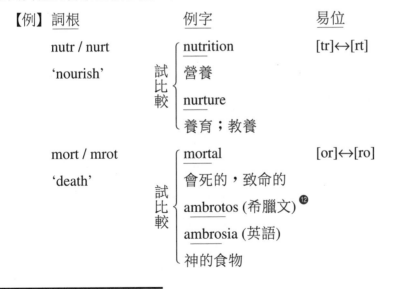

【例】詞根　　　例字　　　易位

nutr / nurt　　nutrition　　[tr]↔[rt]

'nourish'　試比較　營養

　　　　　nurture

　　　　　養育；教養

mort / mrot　　mortal　　[or]↔[ro]

'death'　試比較　會死的，致命的

　　　　　ambrotos (希臘文) ⑫

　　　　　ambrosia (英語)

　　　　　神的食物

---

⑫ (PIE)*a-mrot-os → (Greek) ambrotos

希臘文的 ambrotos 源於古印歐語，其中的 b 是個增音。在英文裡也同樣存有這種現象。例如：

上古英語　→　現代英語　　　變化

/ timr̥ /　　　　/ timbr̥ /　　　mr̥ → mbr̥　　'timber'

詞首		例字	易位
pro- / por-		portray (英語)	[ro]↔[or]
'before'	試比較	描繪；寫真	
'forward'		portraire (法語)	
		prōtrahere (拉丁語)	
	試比較	portend (英語)	
		預知；預示	
		portendere (拉丁語)	
		protendere (古拉丁語)	

◑ 2.4.2　遠接易位 (Non-Contiguous metathesis)

易位的兩個音素中間還有其他的音素把它們隔開，如 ayx > xya，這種易位的語音變化現象，稱之為遠接易位。

【例】
詞根	例字	易位
spec / skep	spectacle	[pεk]↔[kεp]
	景象，奇觀	
	skeptical	
	懷疑的	

● 2.5　元音等次 (Vowel Gradation / Ablaut)

為傳遞語法的資訊如單複數、時式、詞類等，古印歐語採用的方式是詞根元音交替，如同英語的 man vs. men; sing vs. sang; sing vs. song 等，而元音交替方式，通常是 e～o～ø，歷史語言學家稱之為 e 等次 (e-grade)，o 等次 (o-grade) 和零等次 (zero-grade)。大多數古印歐語的詞根，其基本元音是 e，至於 e 如何轉變成 o，或者 e 如何自行刪除，則無規則可循，所以元音等次的轉換，也是不可預測的。

Arlotto (1972: 123) 舉拉丁語與希臘語的元音交替方式為例，通常動詞都是 e 等次而名詞是 o 等次，而名詞是由動詞轉變而成。

【例】
希臘語	拉丁語

leg-ō *v.* 'I read'　　　　teg-ō *v.* 'I cover'

log-os *n.* 'word'　　　　toga- *n.* 'Roman garment' (← 'covering')

下面是 Stockwell & Minkova (2001: 129) 所舉的英語元音等次的例子：

root	e-grade	o-grade	zero-grade
gen	genetic	gonorrhea	cognate
'birth, origin'	起源的	淋病	同語源的
men	demented	admonish	mnemonic
'think; warn'	瘋狂的	提醒，告誡	幫助記憶的
cel	cellar	color	clandestine
'hide, cover'	地窖	著色；曲解	祕密的，暗中的

英語的元音等次現象約在西元五世紀已失去衍生性 (productivity)，故難以預測元音等次的轉換。

● 2.6 [r] 音化 (Rhotacism)

拉丁語的 [r] 音化是指 [s] 音在兩元音之間，會轉變成 [r] 音，可用下列簡式表示：

$$s \rightarrow r / V \underline{\quad\quad} V$$

【例】詞根	未 [r] 音化	已 [r] 音化
flos	flos + cule	flor + al
'flower'	小花	花的
rus	rus + t + ic	rur + al
'country'	鄉村的，質樸的	農村的，鄉民的
ques	ques + t + ion	quer + y
'ask, seek'	問題	質問，疑問

【例外】詞根	未 [r] 音化	已 [r] 音化
hes	co + hes + ion	co + her + e
'stick, hold back'	凝聚 (力)	凝聚，凝結
ques	in + quis + it + ive	in + quir + y
'ask, seek'	喜愛詢問的	(向人) 詢問

Stockwell & Minkova (2001: 131) 認為這種例外現象是由於拉丁語的 [r] 音化,大約在西元前一百年已不再扮演積極主動 (active) 的音變角色。因此,西元前一百年之後所構成的新詞,多已不遵守此規律。

■ 三、英語詞形音位律在拼字教學上的角色

從古英語到現代英語一千五百年的歷史中,英語的結構包括拼字在內,都歷經了許多變化,反應了語言結構不可能固定不變,也不可能保持純淨,不受外來的因素所影響,所以任何語言一定存在著一些不同的形式。以英文拼字為例,拼字與發音的關係很不規則的原因,除了 Baugh & Cable(1978: 35–39) 認為是由音變所造成的外,Vallins (1965: 11) 認為英文拼字常是根據詞源而非根據語音 (etymological rather than phonetic),也就是說字母所代表的音是早期的而非目前的字音。短期內,要我國學生了解英語詞彙的詞源與音變似乎不可能,難怪我國的拼字教學仍停留在傳統的「死背」階段,也因此常聽人說:「要把字拼正確,只有強記死背。」連法國哲學家伏爾泰也說:「像英文 plague (瘟疫) 這個字有六個字母,連在一起唸成一個音節 [pleg],而 plague 的後四個字母,即 ague (瘧疾) 一字卻要唸成二個音節 [ˊegju]。」言下之意,學英文幾乎「無理可講」。

任何語言的結構都有「無理可講」的地方,但也有「有理可講」的地方。至於「有理可講」之處,只要平時多留心觀察、比較、對照、歸納、甚至追溯詞源,也可推演出某些規律,不但可避免囫圇吞棗的死背,而且在成效上更可事半功倍。所以學習英語應從認知開始,做到「既可意會,必可言傳」的地步。因此,詞形音位律在拼字教學上對學生而言,扮演的是認知的角色,讓學生有知有覺、舉一反三地學習。

現以中學所熟悉的 result 為例,其詞義是由詞首 re-'again' 與詞根 sal 'jump' 產生,合在一起其義為「再跳一次,才能定勝負」,引申為「結果,效果」。衍生過程如下:

底層結構	/ re + sal + t /
\<a\> 的弱化	re +sel + t
e 的轉變	re + sul + t
表層結構	result

正如 Richards (1976: 80) 所言:「要了解一個生詞必須了解它的底層結構以及它的衍生過程 (Knowing a word entails knowledge of the underlying form of a word and the derivations that can be made from it)」。現再舉數例說明之。

若了解詞形音位律中 n 的刪除律,就可正確地預測希臘語否定詞首 an- 的詞素變體

a- 的分布情形，不必依據表層結構的差異，如 Smith (1966: 3) 將 {a-, an-} 一一列出，強加記憶。再者，若能了解詞尾元音刪除律，則 atheist 的衍生過程，不致於一知半解。不必像 Smith (1966: 135) 將詞根 {the, theo} 'God' 並列。

底層結構	/ an + theo + ist /
n 的刪除	a + theo + ist
詞尾元音刪除	a + the + ist
表層結構	atheist

　　至於轉變律方面，了解弱化，對解釋同源詞 (cognates) 之間的構詞關聯性就很有幫助。譬如對 beneficial 的衍生過程一目了然，也不必像 Smith (1966: 49) 將詞根 {fac, fec, fic} 分別列出。也可了解到三倍的形容詞在英文裡為何是 treble 而非 trible。

底層結構	/ bene + fac + i + al /	底層結構	/ tri + able /
<a> 的弱化	bene + fec + i + al	<a> 的弱化	tri + eble
<e> 的弱化	bene + fic + i + al	詞尾元音刪除	tr + eble
表層結構	beneficial	表層結構	treble

　　由上述的例子顯示出英語詞形音位變化是有內在規律可尋，欲揭開英語構詞之奧祕，應加強了解這種規律的必要性，這樣才能脫離翻查字典頻繁之苦。

　　Harris (1973) 認為語言學理論所提供給語言教師的是教學啟示 (implications) 並非是直接應用 (direct applications)。所謂教學啟示，乃是將研究結果充分了解，經過一番整理的工作，配合學習者的背景，作適當的調整後，才用之於教材中。詞形音位律也不例外，對英語教師而言，扮演的是教學啟示的角色。譬如英語教師若知道 [r] 音化除應用在希臘語外，也可應用在英語語音變化上，在教學時就很容易解釋 is / was 為何單數用 s 字母，而複數 are / were 為何用 r 字母。此外，英語教師對古印歐語詞根的元音交替方式，通常是 e～o～ø，有相當的認識，則可利用這種元音等次的觀念，來說明不規則動詞元音字母的變化為 e～o～o，如 get, got, got(ten); forget, forgot, forgot(ten)。若稍加修改，則可說明另一組不規則動詞元音字母的變化為 i～a～u，如 sing, sang, sung。為了明瞭字母在讀音時牙床的開合程度，以及舌之升高點是在哪一部位，教學時先畫五個標準元音 (cardinal vowels)，然後以逆時針方向說明，其中 i 表現在式，a 表過去式，u 表過去分詞，如下圖：

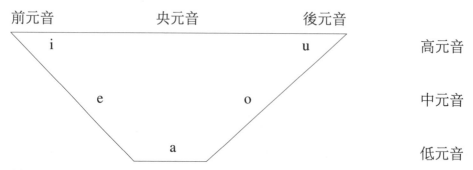

若 iau 之前添加 m，連起來發音頗似貓叫聲 miaou，這時學生記憶這類型的不規則動詞變化並非難事。若將此圖表略作修改，也許可讓學生觸類旁通其他不規則動詞變化的類型。這種元音等次的概念應可給予教師一些教學上的啟示，啟發思考，促進聯想，進而設計出標準母音的圖表來講授動詞變化。這種啟示也可說明為何有同意義但不同詞形的詞根存在，譬如：

1. sper, spor 'seed'

    【例】sperm 精蟲；spore 芽胞

2. gel, gl 'ice'

    【例】gelid 冰冷的；glacier 冰河

3. pher, phor 'bear, bring'

    【例】periphery 周圍，外圍；euphoria 幸福感

4. mel, mol 'honey'

    【例】mellifluous 甜蜜的；molasses 糖蜜

又如 Smith (1966: 88) 列出詞根 nerv，其義為神經 (nerve)，但並沒列出它的詞素變體 neur。若碰到由 neur 所構成的詞彙，例如 neuron, neurosis, neurosurgeon 等，又如何講解呢？教師可利用音素易位的現象來解釋，君不見有些人常把「神經病」與「精神病」混為一談嗎？或將 neurosis 譯成「精神神經病」嗎？這種解釋可幫助理解 neuron 的底層結構為：

底層結構	/ nerv + on /
音素易位	nevr + on
v 的轉變	neur + on
表層結構	neuron

若有此認識，則 neur 所組成的生詞，就不易拼錯了。同樣地，也可利用音素易位的現象來說明如何從詞首 tri 'three' 衍生到 third 的過程：

底層結構	/ tri + d /
格林法則	thri + d
音素易位	thir + d
表層結構	__third__

再者，若英語教師對古印歐語詞根的元音交替方式和音素易位瞭如指掌，在教學上的啟示可能會把 agora (古希臘的人民大會) 與詞根 greg 'flock, gather' 牽連在一起，其衍生的過程如下：

底層結構	/ a + gre(g) + a /
音素易位	a + ger(g) + a
元音交替	a + gor(g) + a
表層結構	__agora__

現以 agora 為詞基，增添詞首和詞尾，並經由 <a> 的弱化和詞尾元音刪除律，便可衍生出：allegory, category, paregoric。以 allegory 為例，說明其衍生過程：

底層結構	/ all + agora + y /
<a> 的弱化	all + egora + y
詞尾元音刪除	all + egor + y
表層結構	__allegory__ 寓言 (借他事或故事以達訓誨或所欲言之事)
	(all-'other'; agora-'the assembly place of ancient Athens')

教師可經由灌輸最佳音節結構 CV(C) 或 VC 的概念啟發聯想來增進學生英語拼字能力。譬如最佳的婚姻制度是一夫一妻制或一妻一夫制，若違背此制度，應將多餘的夫或妻刪除。學生經由老師指點很容易領會出本文第二節所談的為何詞尾元音要刪除，n 要刪除，s 要刪除，v 要轉變，u 要添加的道理，可謂聞一知十，觸類旁通，省時省力，不必像 Smith (1966) 依據詞素表層結構的不同，一一列舉如下：

an-, a-,	'not, without'	(p. 3)
anti-, ant-	'against, opposite'	(p. 10)
apo-, ap-	'away, from'	(p. 11)
cata-, cat-	'down, away'	(p. 24)
meta-, met-	'beyond, change'	(p. 82)
theo, the	'God'	(p. 135)
nav, nau	'to sail'	(p. 87)

solv, solu	'to free'	(p. 124)
volv, volu	'to roll'	(p. 147)

　　此外，在講授冠詞用法時，教師可附帶指出不定冠詞 a 與 an 的用法與 n 刪除頗有異曲同工之處，因 a 用於輔音為首的名詞之前，而 an 用於元音或 h 為首的名詞之前。至於如何教授重複輔音，教師可藉最佳夫妻檔 CV(C) 或 VC 啟發聯想，認為夫若深愛其妻，平時重點都放在妻身上 (即重音落在元音上)，則夫 (即輔音) 下輩子 (即下一個音節) 仍願再與她結婚 (即重複輔音)，例字參閱 2.2.1.4 節。

　　以上所列舉的例字很明顯地並非包羅萬象，但足以說明詞形音位律在「教」與「學」上所扮演的角色，尤其近年來，各校無不竭力營造英語教學環境，如何正確而有效教導學生並增進他們的拼字能力，實乃從事英語教學工作者所應正視的課題之一。此外，雖然有些詞形音位律偶遇少許例外詞，但仍然有存在的價值，何況英語有很多不規則詞都是常用詞，或是罕見的詞。常用的不須記規律也能耳熟能詳，而罕見或偶爾碰到，只要稍加記憶或查查字典即可，那又何妨。

參考書目

Arlotto, Anthony. 1972. Introduction to Historical Linguistics. Boston: Houghton Mifflin Company.

Barnhart, Robert. K., ed. 2000. Chambers Dictionary of Etymology. New York: H. W. Wilson Company.

Baugh, Albert C. and Thomas Cable. 1978. A History of the English Language. Englewood Cliffs: Prentice-Hall.

Becker, Wesley C., Robert Dixon, and Lynne Anderson-Inman. 1980. Morphographic and Root Word Analysis of 26,000 High Frequency Words. Univ. of Oregon Follow Through Project.

Denning, Keith and William Leben. 1995. English Vocabulary Elements. Oxford: Oxford University Press.

Fichtner, Edward G. 1976. "The Pronunciation of the English <NG>: A Case Study in Phoneme-Grapheme Relationships." TESOL Quarterly, 10 (2): 193–202.

Harris, James. 1973. "Linguistics and Language Teaching: Applications vs. Implications," in Kurt R. Jankowsky, ed. Georgetown University Round Table on Language and Linguistics: Language and International Studies. Georgetown Univ. School of Languages and Linguistics.

Hodges, Richard E. 1981. Learning to Spell. Illinois: ERIC Clearinghouse on Reading and Communication Skills.

Jensen, John T. 1990. Morphology. Amsterdam: John Benjamins Publishing Company.

Richards, Jack C. 1976. "The Role of Vocabulary Teaching." TESOL Quarterly, 10 (1): 77–89.

Scalise, Sergio. 1984. Generative Morphology. Dordrecht: Foris Publications.

Sloat, Clarence, and Sharon Taylor. 1996. The Structure of English Words, 4th ed. Dubuque: Kendall / Hunt Publishing Company.

Smith, Robert W. 1966. Dictionary of English Word-Roots. New Jersey: Littlefield, Adams & Co.

Stockwell, Robert and Donka Minkova. 2001. English Words: History and Structure. Cambridge: Cambridge University Press.

Tang, Ting-chi. 1988. A Cognitive Grammar of English: Form, Meaning and Function (I). Taipei: Student Book Co.

Vallins, G. H. 1965. Spelling. rev. ed. London: Andre Deutsch.

Weekley, Ernest. 1967. An Etymological Dictionary of Modern English. New York: Dover Publications.

第四章

談拉丁語、法語衍生的英語詞彙的語音變化

■ 一、前 言

從古英語 (ca. 500–1100) 到現代英語 (ca.1500-present)，我們發現英語的結構包括拼字在內都歷經了許多變化，反應了語言結構不可能固定不變，也不可能保持純淨、不受外來的因素所影響，所以任何語言一定存在著一些不同的形式。而我國學生學習英語最感困擾的是英語的拼字與發音的關係很不規則，Baugh and Cable (1978: 35–39) 認為這是音變 (sound changes) 所造成。此外，Vallins (1965: 11) 認為英語拼字是根據字源而非根據語音 (etymological rather than phonetic)，也就是說，字母所代表的音是早期的而非目前的字音。

有些英語詞彙在外形上與拉丁語、法語極為相似，但因語音變化的結果，讀音卻不相同。而這種相似性並非巧合，原因是有些詞彙如 diurnal 直接借自拉丁語或者經由法語間接借自拉丁語如 journal。[1]

俗拉丁語		古法語		英語
(Vulgar Latin)		(Old French)		(English)
diurnale	>		>	diurnal (每天的)
diurnale	>	journal	>	journal (日誌)

任何語言的結構都有「無理可說」的地方，但也有「有理可講」的地方。至於「有理可講」之處，只要平時多留心觀察、比較、對照、歸納，甚至追溯字源，一定可以推演出某些規律，不但可避免囫圇吞棗的死背，而在成效上更可事半功倍。學習英語應從

---

[1] 借自法語的英語詞彙，所經的途徑大致為：

俗拉丁語	>	原始羅曼斯語	>	古法語	>	英語
(Vulgar Latin)		(Proto-Romance)		(Old French)		(English)

詳情請參閱 Denning and Leben (1995: 159)。

認知開始，做到「既可意會，必可言傳」的地步。因此，音變在英語詞彙上對學生而言，扮演的是認知的角色，讓學生有知有覺、舉一反三的學習，而英語教師對音變有了認識，對於詞彙教學及觀念必然有很大的影響。本章目前只談拉丁語、法語所衍生的詞彙輔音語音變化。

■ 二、輔音音變

由拉丁語轉為法語，再轉入英語的輔音，因出現的位置不同，而有不同的變化。一般而言，輔音的音變大多數是由輔音的刪略 (deletion)、添加 (addition)，或者是同化 (assimilation) 的結果所造成。

● 2.1 　輔音的刪略 (Consonant Deletion)

⑴拉丁語詞彙轉入法語後，刪除居於詞尾音節的齒齦塞音 [t] 或 [d]。

$$\left\{ \begin{matrix} t \\ d \end{matrix} \right\} \rightarrow \phi \, / \, V \_\_\_\_ \#$$

若刪除拉丁語的屈折後綴 (inflectional suffix) 後，位於元音之後的 t 或 d，居於詞尾所衍生而成的法語，其 t / d 遭刪除。借自法語的英語詞彙，因受法語的影響，同樣的也刪除 t / d。

【例】 俗拉丁語　　　　古法語　　　　英語
　　　 virtut(e)　　　　vertu　　　　virtue [2]
　　　 'manliness'
　　　 mercēd(e)　　　 merci　　　　mercy [3]
　　　 'reward'

⑵拉丁語詞彙轉入法語後，刪除詞尾音節輔音群中的第一個輔音。

---

[2] 拉丁語 virtus，virtut- 的意思是「男子氣概，男子風度」，而現代英語的意思，則是「德行；美德」。從語意演變的過程觀之，似乎只有男子才有美德，這或許可證明古羅馬人的社會也是重男輕女。

[3] 拉丁語 merces，merced 的意思是「上天為行善者帶來的精神報償」。有時行善者之所以行善是來自於自身的慈悲心，並不是期盼受惠者的回報或感謝。這個字轉入法語，意義改變了，成為 merci (感謝)，再傳入英語成為 mercy (慈悲，同情，寬恕)。

$$C \to \emptyset \ / \ V \underline{\hspace{2em}} t\#$$

若刪除拉丁語的屈折後綴後，位於元音後的輔音群，則居於詞尾音節之後，衍生而成的法語，其中第一個輔音已被刪略。

【例】 <u>俗拉丁語</u> <u>古法語</u> <u>英語</u>

 prōfectus profit profit ❹

 'advance, progress'

-us 是拉丁語第三類動詞詞形變化 (Conjugation 3) 的過去分詞的標記，prōfectus 是拉丁語動詞 prōficere 的過去分詞，刪除 -us 後，轉入法語，其前的輔音群中的軟顎塞音 [k]，隨之消失。

⑶拉丁語詞彙轉入法語後，齒齦塞音 [t] 或 [d] 若介於二元音之間，則該輔音常常消失。借自法語的英語詞彙，因受法語的影響，該輔音也同樣地消失。

$$\left\{ \begin{matrix} t \\ d \end{matrix} \right\} \to \emptyset \ / \ V \underline{\hspace{2em}} V$$

【例】 <u>俗拉丁語</u> <u>古法語</u> <u>英語</u>

 crūdēle cruel cruel

 decadere decaer decay

 'fall down'

 frāter frere friar

 'brother'

⑷若輔音 (包含齒齦塞音) 介於二元音之間，為簡化音節數，輔音與後面的元音所形成之音節可能都會發生刪略的現象。

$$CV \to \emptyset \ / \ V \underline{\hspace{2em}}$$

【例】 <u>俗拉丁語</u> <u>古法語</u> <u>英語</u>

 dubitāre douter doubt (恢復拉丁語的 b)

 periculu peril peril

---

❹ 拉丁語 profect- 的意思是 「有進步；有改善」，轉入法語後，元音 e 弱化成 i，稱之為 <e> 的弱化 (e-Weakening)。

masculu	masle (*Fr.* mâle)	male
rotundu	rond	round ❺
		rotund
magistru	maistre	master ❻
civitate	cite (*Fr.* cité)	city ❼

　　刪除拉丁語的屈折後綴外，為了簡化音節數，以上所列各字中的音節 -bi-、-cu-、-tu-、-gi-、-vi- 也都刪略了。由(3)、(4)兩點的例子顯示出塞音或摩擦音介於二元音間，發音時為了嘴巴需要張得大，這些音傾向於完全消失。

● 2.2　輔音的添加 (Consonant Addition)

　　當一串音連續發出時，常有音素增加而增添字母導致詞形改變的現象。

⑴在古法語裡，雙唇鼻音 [m] 之後若接流音 [l] 或 [r]，二者間可插入塞音 [b] 而非 [p]，這是濁聲音同化的緣故，可由下式簡單表示之。

$$\varnothing \to b \; / \; m \underline{\quad\quad} \begin{Bmatrix} l \\ r \end{Bmatrix}$$

【例】 俗拉丁語　　　　古法語　　　　英語

camera	chambre	chamber
numere	numbre	number
rememorāre	remembrer	remember
simulāre	sembler	re-semble
humile	humble	humble

　　刪除俗拉丁語的屈折後綴後，轉入古法語，增添塞音 [b]。

⑵古法語裡齒齦音 [l] 或 [n] 之後，若接流音 [r]，二者間可插入塞音 [d]，而非 [t]，這也是濁音同化的緣故。可由下式簡單表示之。

---

❺　rotund 直接借自拉丁語，然而 round 經由法語間接借自拉丁語。

❻　以 er 結尾的多音節詞根，其後若接元音為首的後綴，則 er 中的元音 e 刪除，如拉丁語的 magister 其後接 um，則 e 刪除。

❼　拉丁語表性質名詞 (quality nouns)，通常都以 -tate 結尾，轉入法語變成 -té，衍生成英語變成 -ty。

$$\emptyset \to d / \left\{ \begin{matrix} l \\ n \end{matrix} \right\} \_\_\_\_ \ r$$

【例】 俗拉丁語　　　　古法語　　　　英語

　　　pulvere　　　　poldre　　　　powder

　　　cinere　　　　cendre　　　　cinder

● 2.3　輔音的轉變 (Consonant Change)

　　輔音轉變的現象是用來解釋為什麼有些音節或詞素在不同的語境中，會以不同的語音與不同的形態出現。

⑴在 s 之後接其他的輔音為首的拉丁語詞根，轉入古法語後，因詞首增添元音 e (a prothetic e)，因此 s 會單獨成為一音節。因受法語的影響，英語也是如此。[8]

【例】 俗拉丁語　　　　古法語　　　　英語

　　　speciāle　　　　especial　　　　especial

　　　'belonging to a kind (species)'

　　　stabilīre　　　　establir　　　　establish

　　　'make stable'

　　　statu　　　　estat　　　　estate

　　　'condition'

⑵刪除拉丁語的屈折後綴後，位於元音後的雙唇塞音 [p] 或唇齒摩擦音 [v]，則居於詞尾，衍生而成的法語，其 [p] 或 [v] 變成 [f]。因受法語的影響，英語也是如此。

【例】 俗拉丁語　　　　古法語　　　　英語

　　　brev(e)　　　　brief　　　　brief

　　　'short'　　　　bref

　　　cap(u)　　　　chief　　　　chief

　　　'head of the cooks'　chief (*Fr.* chef)

⑶同化有全部與部分的區別，而輔音的同化又分順同化 (progressive assimilation) 和逆同化 (regressive assimilation) 兩種，但拉丁語彙轉入法語，其音變過程通常都以逆同化

---

[8]　Kaye (1992: 293) 以義大利語、古希臘語及葡萄牙語為例，並提出心理語言學上之證據，證明 s 後面接 p、t 或 k 這類的輔音群應視異音節結構 (heterosyllabic)，而非同音節結構 (tautosyllabic)。

進行之，極少數是以順同化進行之。

㈠部分逆同化

【例】　俗拉丁語　　　　　　古法語　　　　　　　英語

  1. du<u>p</u>lu　　　　　　　du<u>b</u>le　　　　　　　double

  2. ā<u>c</u>re　　　　　　　　vin-ai<u>g</u>re　　　　　　vine<u>g</u>ar

例 1. 中的 [p] 受到其後濁聲 [l] 的同化，在古法語裡就逆勢濁化成 [b]，而
例 2. 中的 c [k] 受到 [r] 的同化，也濁化成 [g]。

㈡全部逆同化

【例】　俗拉丁語　　　　　　古法語　　　　　　　英語

  1. ro<u>t</u>ulāre　　　　　　ro<u>ll</u>er　　　　　　　ro<u>ll</u>

  2. dē<u>b</u>ita　　　　　　{ de<u>tt</u>e　　　　　　{ de<u>b</u>t (恢復拉丁語的 b)

  　　　　　　　　　　　{ debte　　　　　　{ debit

  3. sub(i)<u>t</u>an　　　　　　su<u>dd</u>ain　　　　　　su<u>dd</u>en

例 1. 中的 [t] 受到其後濁聲 [l] 的影響，在古法語裡完全濁化成 [l]，而例 2. 中的
[b] 受到其後清聲 [t] 的影響，而完全清化成 [t]，若不清化，則衍生成同源但異
形異義之雙式詞 debte。例 3. 中的 [t]，在古法語裡，先經過雙元音間的濁化成
[d]，然後再經過完全同化，衍生成現代英語 sudden。

㈢全部順同化

【例】　俗拉丁語　　　　　　古法語　　　　　　　英語

  ter<u>m</u>inu　　　　　　　ter<u>mm</u>e　　　　　　ter<u>m</u>

[n] 受到其前雙唇鼻音 [m] 的影響，因而順勢完全同化成 [m]。

㈣元音間濁聲化 (intervocalic voicing assimilation)

清音介於二元音間，易於濁聲化，可由下式表示之：

$$\left.\begin{matrix} C \\ [-\text{voiced}] \end{matrix}\right\} \rightarrow [+\text{voiced}] \,/\, V\underline{\qquad}V$$

拉丁語詞彙轉入法語，其語音的演變頗類似格林法則 (Grimm's Law) 的音變趨
勢，即塞音 (stops) 轉變成摩擦音 (fricatives)，實因二者發音部位靠得很近的緣

故。⑨

【例】
俗拉丁語	古法語	英語
1. recuperāre	recovrer ⑩	recover
2. rīpāria	rivere	river
3. taberna	taverne	tavern
4. caballariu	cavalier	cavalier

例 1. 與例 2. 中的塞音 [p] 先轉變成摩擦音 [f]，因夾在二元音之間而濁化成 [v]，然而例 3. 與例 4. 中的 [b] 已經是濁塞音，直接轉變成濁摩擦音 [v]，並不需要經過元音間的濁聲化。也有極少數的拉丁語詞彙，轉入法語時，並不遵循上述規則。

【例】
俗拉丁語	古法語	英語
cambiāre	changier	change
cavea	cage	cage

唇音 [b] 或唇齒音 [v] 轉換成硬顎音 [ǰ]，實在罕見，實因二者間的發音部位並不鄰近的緣故。

(4)拉丁語詞彙轉入法語，其語音的演變，除了塞音轉變成摩擦音外，還有塞音，若位於元音 [a] 或 [i] 之前，可轉換成塞擦音 (affricates)。⑪

---

⑨ 至於反方向的轉變，即摩擦音轉換成塞音，也有可能性，但不常見。例如：

俗拉丁語	古法語	英語
curvu	courbe	curb

⑩ 古法語 recovrer 的底層結構擬構如下：

底層結構	/ re + cover + er /
<e> 的刪略	re + covr + er
(e-Deletion)	
表層結構	recovrer

⑪ 依據 Johnson (1980: 32–33) 所言，法語裡有部分以 c 為首後接字母 a 的字，在法國北方如 Picardy 與 Normandy 一帶的人，讀 c 為 [k]，而在法國中部如巴黎一帶的人，讀 c 為 [č]，這顯然是方言上的差異 (dialectal difference)。此外，從法語直接借入的英語詞彙，字母 c 有可能讀成 [š]。例如：

俗拉丁語	現代法語	英語
candēlārium	chandelier	chandelier
cantio	chanson	chanson

㈠塞音 [k] (但在拉丁語書寫時，則為 c) 與 [g]，若位於詞根之首，其後接元音 [a]，則分別轉換成塞擦音 [č] 與 [ǰ]，可由下式表示之：

$$\# \begin{Bmatrix} k \\ g \end{Bmatrix} \rightarrow \begin{Bmatrix} č \\ ǰ \end{Bmatrix} / \underline{\hspace{1cm}} a$$

【例】

俗拉丁語	古法語	英語
carreta	chariot	chariot
capitulu	chapitre	chapter
carm(i)ne	charme	charm
gamba	jambe	jamb

㈡ Di (= d + y) 其後接高元音可轉換成塞擦音 [ǰ]。

【例】

俗拉丁語	古法語	英語
diurnale	journal	journal
diurnāta	journee	journey

㈢塞音 [t] 與 [d] 其後接前高元音 [i] 皆可轉換成 [ǰ]。

$$\begin{Bmatrix} t \\ d \end{Bmatrix} \rightarrow ǰ / \underline{\hspace{1cm}} + i$$

【例】

俗拉丁語	古法語	英語
missaticu	message	message[12]
linguaticu	language	language
judicāre	jugier	judge
ad + vindicāre	avengier	avenge

---

[12] 清聲輔音若位於二元音之間，則該輔音有清音濁化的趨勢，因此，拉丁語後綴 -aticum 轉換成古法語，就會拼成 -age，其演變的過程如下：

-aticum (intervocalic voicing) → -adigu → -adyu → -adzhe → -age

詳情請參閱 Johnson (1980: 203)。

⑸拉丁語詞彙轉入法語，若塞音 [t] 之後接著一個前高元音 [i]，或 [k] 之後接前中元音 [e]，此時塞音會變成嘶擦音 (sibilants)，這就是所謂的塞音嘶音化 (assibilation of stops)。

【例】
俗拉丁語	古法語	英語
pretiu	pris	price [s]
pretiōsus	precios	precious [š]
vitiu	vice	vice [s]
vitiōsus	vicieux	vicious [š]
divortiu	divorce	divorce [s]
licentia	licence	license [s]
pace	pais	peace [s]
placēre	plesir	please [z]

⑹輔音元音化 (vocalization)，廣義而言，是指輔音轉變成元音、半元音或完全消失的現象。

㈠拉丁語詞彙轉入法語時，通常應刪除詞尾音節輔音群中的第一個輔音，經常是軟顎塞音 [k]，否則也應將第一個輔音轉換成半元音。

【例】
俗拉丁語	古法語	英語
tractu	trait	trait
conductu	conduit	conduit

-u 是俗拉丁語第二類 (Declension 2) 的名詞受格標記，刪除後轉入法語，其前的 [k] 也隨之轉換成半元音。

㈡軟顎清塞音 [k] 介於二元音間，發音時為了嘴巴需要張得大，才會轉換成半元音 [w](見下例 1.~2.) 或 [y](見下例 3.~4.)。若軟顎濁塞音介於二元音間，只能轉換成半元音 [y](見下例 5.~7.)。

【例】
俗拉丁語	古法語	英語
1. vocale	vouel	vowel

2. allocare	alouer	allow
3. pācāre	paier	pay
'appease, pacify'		
4. fricāre	freier	fray
5. lēgāle	loial	loyal
6. rēgāle	roial	royal
7. religāre	relier	rely

㈙拉丁語詞彙轉入法語後，ll 或輔音之前的 l 常有元音化的趨勢，變成元音 u，即與前面的元音一同形成雙元音或長音。

【例】

俗拉丁語	古法語	英語
bellitate	belte (*Fr.* beaute)	beauty
collocāre	couche	couch
ultraticum	outrage	outrage
assaltu	assaut	assaut (*Mid. Eng.*)
		(later, assault)
de-albāre	dauber	daub
'white wash'		
fall(i)ta	faute	faut (*Mid. Eng.*)
		(later, fault)

但在現代英語裡，這個 l 有時候會恢復，如 assault, fault 等，但有時候也會完全消失，迄今似乎仍無法預測。

【例】

俗拉丁語	古法語	英語
salvāre	sauver	save

由上例可知，拉丁語 l 變成古法語的 u，但衍生出英語 save 時，u 則消失不見了。

■ 三、語音變化對英語教學的啟示

Harris (1973) 認為語言學理論所提供給語言教師的是教學啟示 (implications)，並非是直接應用 (direct applications)。所謂教學啟示，乃是將研究結果充分了解，經過一番

整理的工作，配合學習者的背景，作適當的調整，然後才用之於教材或教學中。語音變化律也不例外，對英語教師而言，其扮演的是認知的角色，教學時可以讓學生有知有覺、趣味盎然、舉一反三的學習。現舉數例說明如下：

(1)英語教師對語音變化要有相當的認識，才能揭開同源異形異義的雙式詞 (doublets) 的奧祕。現以中學生所熟悉的 native / naïve 與 catch / chase 為例，它們都是源自俗拉丁語，經由古法文而借入英語的雙式詞，其衍生過程如下：

㈲ native / naïve:

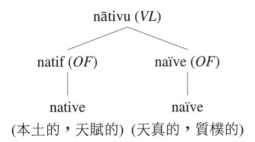

(本土的，天賦的) (天真的，質樸的)

nātivu 中的 [t] 介於二元音間，若刪略，則衍生出 naïve；若不刪，則衍生出 natif，所謂的雙式詞由此衍生出。再者，拉丁語的屈折後綴 -u 刪略後，[v] 居於詞尾，必須轉變成 [f]，才能衍生成古法語的 natif。若借入英語，[f] 夾在二元音間，必須濁化成 [v]。

㈡ catch / chase:

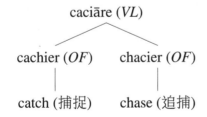

俗拉丁語 caciāre 中的第一個 c 轉換成塞擦音 [č]，則衍生出 chacier，若不轉換則衍生出 cachier。再者，第二個 c 後面接著 i (實際是硬顎接近音 y)，若有顎化現象 (palatalization) 則是 cachier，若不顎化則是 chacier。類似的雙式詞還有 cancel / chancel, capital / chapter, cattle / chattel 等。

⑵在第二節輔音的刪略已討論過拉丁語 prōfectus，在轉入法語後，應刪除輔音群 -ct 中的 c。這不禁令人想起許多發音學教科書如 MacKay (1978: 166) 都提到二個發音部位不同的塞音連在一起，如 practical 中的 ct，其中 c 若讀出則為 [kə]，為了不增加音節數，c 應該發不吐氣 (unreleased) 的音 [k˺]。若英語教師對子音刪略的語境有所認識，在發音教學所給予的啟示可能是 -ct 中的 c 既然刪不掉，又不能不唸，那只好讀起來不吐氣了。其他的英語詞彙像來自古法語 douter 的 doubt，dette 的 debt，其中 b 就可以刪略，因為古法語無 bt 這個輔音群。

⑶

詞根	詞義	例子
cad	'fall'	decay
cap	'head'	chapter
di	'day'	journal
duc	'lead, pull'	conduit
frater	'brother'	friar
lig	'bind'	rely
mag	'great, large'	master
reg	'king, rule'	royal
tract	'drag, pull'	trait
sal	'jump'	assault
voc	'speak, call'	vowel

採用詞根 (root) 詞綴 (affix) 教學法的英語教師可能對上列右邊各字的教學一籌莫展，學生學習時，也只能多唸幾次，強記死背。此外，坊間所出售有關詞根詞綴的書籍，如 Smith (1966) 都沒把這些字列入，可能認為如果列上，讀者易滋生疑竇。事實上，教師對語音變化的語境 (見本章第二節) 很熟悉的話，利用這些語音變化的啟示，仍然可以配合詞根 (見上列左邊) 的教學法。其他類似的例子，不勝枚舉。

⑷優選理論 (Optimality Theory) 在處理以 s 為首的輔音群時，將 s 歸在音韻詞 (phonological words，簡稱 PW) 層面，如(a)，而非與其後語音同屬於音節層 (δ)，如(b)：

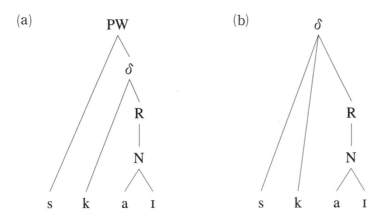

Kaye (1992: 293) 也認為 s 為首的輔音群如 sp-, st-, sk- ，應視為異音節結構 (heterosyllabic)，如(c)，而非同音節結構 (tautosyllabic)，如(d)。

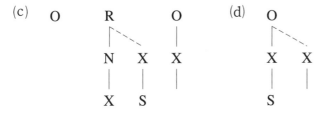

s 為首的輔音群看似違反響度次序法則 (sonority sequencing)，但由於 s 與後繼音分屬不同的音節，因此兩者並不相悖。我們可以用下列輔音的轉變為佐證：

speciāle (*L*) > especial (*OF*) > especial (*E*)

拉丁語 s 為首的輔音群借入法語後，其前增添的元音 e，無疑地將會單獨成為一音節，如此才會使英語學習者了解為什麼 s 應視為異音節，也可能有助於了解其他外語如西班牙語 (español) 的 es。

　　以上所舉例子很明顯地並非包羅萬象，但足以說明音變在「教」與「學」上所扮演的角色。Fichtner (1976: 195) 仔細探討英語音素 (phoneme) 與字形 (grapheme) 的對應關係，發現英語的拼字系統，並非如一般人所想像的那麼不規則，而是相當有規律的。根據他的研究所得的結論，百分之八十以上音素與字形的對應關係，都具有預測的功能，音變也是如此。在英語教學過程中，若英語教師了解音變現象，才有可能促進學生運用心智，發展到推理、推論認知活動的地步，畢竟語言學習在本質上就是一種認知的過程。

參考書目

Baugh, Albert C. and Thomas Cable. 1978. A History of the English Language. Englewood Cliffs: Prentice-Hall.

Denning, Keith and William R. Leben. 1995. English Vocabulary Elements. Oxford: Oxford University Press.

Fichtner, Edward G. 1976. "The Pronunciation of the English <NG>: A Case Study in Phoneme-Grapheme Relationships." TESOL Quarterly, 10(2): 193–202.

Harris, James. 1973. "Linguistics and Language Teaching: Applications vs. Implications." In Kurt R. Jankowsky, ed. Georgetown University Round Table on Language and Linguistics: Language and International Studies.

Johnson, Edwin L. 1980. Latin Words of Common English. New York: Wynwood Press.

Kaye, Jonathan. 1992. "Do You Believe in Magic? The Story of s+C Sequence." SOAS Working Papers in Linguistics and Phonetics, 2: 293–314.

MacKay, Ian. 1978. Introducing Practical Phonetics. Little, Brown and Company.

Smith, Robert W. 1966. Dictionary of English Word-Roots. Totowa, NJ: Littlefield, Adams & Co.

Vallins, G. H. 1965. Spelling. London: Andre Deutsch.

附錄

談如何旁徵博引、小題大作撰寫語言學論文

■ 一、前 言

　　針對某一特定的問題，撰寫研究報告與論文是訓練大學生獨立思考與判斷或評估學習成就的最佳方式之一，但一般大學生卻視為畏途。究其原因有四：㈠由於學生對撰寫研究報告的性質與技巧不甚了解；㈡往往缺乏良好的指導，以致一般學生多視撰寫研究報告為苦事；㈢學生在學期間，大都課業繁重，除閱讀指定教科書與應付考試外，幾無暇執筆為文❶；㈣缺乏系統教導學生利用圖書館蒐集資料，以致對館中參考書、期刊、目錄卡片、電子資料庫與電腦檢索等之使用，不甚了解，無法有效從浩如煙海的資訊中，有系統的整理與分析對自己有用的資料。以上四種原因，若長此下去，必會背離大學教育的宗旨，實不可等閒視之。因此，各大學應開設「研究方法與論文寫作」課程。必要時，教授可以用學期報告來代替考試，藉此訓練學生有效利用圖書館，親身體驗研究的甘苦。

　　大學生本質與目標是以「熱情與理性全面陶冶知識與美德，以追求科學、理想、真理與自我」❷，為此，教師應教導學生懷疑和批判，不可壓抑學生的思考模式，多鍛鍊學生獨立思考，藉以引發其研究學術之興趣，肯定自身存在的意義。那麼，「研究」是什麼呢？美國應用語言學家 Hatch 和 Farhady (1982: 1) 給「研究」所下的定義是：「用有系統的方法與步驟，找出問題的答案 (a systematic approach to finding answers to questions)。在此定義裡，有三個重要的概念值得我們注意。第一，所謂的「研究」是與「問題」(questions) 息息相關的，因為疑惑是人類尋求問題的原動力。如無疑惑，問題

---

❶　前三點原因是宋楚瑜 (1983: ix) 所提出的。

❷　教育部前高教司余玉照司長，在一九九六年第四屆通識教師研討會中，發言指出 "University" 當中十個字母可能代表十個重要理念。原文如下："University" may stand for "universally nurturing intellect and virtue with enthusiasm and reason for science, idealism, truth and yourself."

就不會產生，則無需解決問題，一旦有了可疑之處，就應本著「打破砂鍋問到底」的精神，進行深究，旁徵博引，才不致人云亦云，才能突破不合時宜的「成見」而有所創新。第二，研究者要發揮這種原動力，就必須運用一套有系統的方法和步驟 (systematic approach)。若以語言的研究而言，通常包括四步驟：㈠觀察 (observe) 所蒐集之語料；㈡從該語料的結構猜測 (guess) 其語言現象；㈢然後大膽構思 (formulate) 一些假設性的規律來解釋這個現象；㈣最後小心求證 (check)，在求證的過程裡，若遇有「反例 (counterexample)」或「反證 (counterevidence)」，則必須修正其假設性的規律，以符合語言的實際現象。前兩步驟，屬於發現的過程 (discovery process)，而後兩步驟則屬於驗證的過程 (verification process) ❸。第三，任何問題的研究，研究者最好能提出解決問題的答案 (answer)，不管其是肯定的、積極的或是否定的、消極的。

■ 二、檢視學生撰寫語言學論文或研究報告上的缺失

英式英語的碩士論文，稱之為 dissertation，而博士論文，稱之為 thesis。dissertation 源自拉丁文動詞 dissertare，其詞首 dis- 的意思就是「分開 (apart)」，而詞根 ser 的意思是「放置，排列 (put, arrange)」，合併在一起，其義為「分開放置，分別排列」。正因如此，在論文寫作之前，應先擬定一個自己有濃厚研究興趣的大題目，而這個大題目裡，事實上，已被設置了若干特殊的小題。換言之，大題目是由若干特殊小題所組成，而這些小題目應分別論述。至於 thesis 呢？它來自希臘語 tithenai，其詞根 thes 的意思就是「放置 (put, place)」。我們應放置百家之言於論文撰寫思考過程裡，然後予以歸納、分析、批判，擇其善者而從之，正如孔子所言「集大成」之意，也猶如蜜蜂釀蜜，採攝百花之精華。我們不能因題目小而疏於蒐集廣博的資料，忽略了旁徵博引的功夫。事實上，這兩個字

---

❸ 關於語言研究所採用的歸納法 (inductive method)，參閱 Cook (1969: 3) 的說明，如下圖：

Language Competence

Discovery Process (Regressive)	2. Guess ⟶ 3. Formulate	Verification Process (Progressive)
	1. Observe　4. Check	

Language Performance

湯廷池 (1981: 110) 也有類似的陳述：

語言學是一門經驗科學 (empirical science)。大凡經驗科學都具有三種特性：所研究的必須是可以實地觀察而客觀分析的現象，從分析的結果可以歸納出一般性的規律 (generalizations) 來，所歸納的一般性規律必能依據經驗事實來驗證其真假或對錯。

的本義已說明了從事研究及撰寫論文的嚴謹方法──小題大作與旁徵博引，即小題經旁徵博引而大作。

　　學生撰寫論文或研究報告，歸納起來至少有三大嚴重缺失：㈠不太熟悉語言學科慣用的寫作規範 (preferred format or style)；㈡由於蒐集的相關語料或資料不足，不知如何旁徵博引；㈢在寫作上，經常選用大題但小作。本節先針對第一個缺失加以討論，後兩者分別在三、四兩節中討論。

　　學術期刊和學報對論文的規範十分重視，因每一學科都有它自己慣用的寫作規範❹，但一般學生卻覺得繁雜瑣碎，視此為雕蟲小技。他們認為論文或研究報告的組織嚴謹，層次分明，文字流暢簡潔才是最重要。因此，在寫作的過程中很少一板一眼依規

---

❹　關於各學科慣用的寫作規範，Hansen (1989: 77) 調查美國楊百翰大學 (Brigham Young Univ.) 多位系主任意見後，認為每一個學科都有其慣有的寫作規範，例如：

Name of Department	Preferred Style
Anthropology	Campbell
Clothing and textiles	Turabian
Communications	Campbell or Turabian
Economics	Style varies
Family Sciences	APA
Geography	Turabian
History	Turabian
International Studies	Turabian
Military Science	APA
Physical Education-Dance	APA
Physical Education-Sports	APA
Political Science	Turabian
Psychology	APA
Recreation Management and Youth Leadership	APA
Social Work	APA
Sociology	ASA

Gibaldi (1995: 260) 也提到其他學科都有自己慣有的寫作規範，如生物、化學、地質、語言、數學、醫學、物理、心理等。但並非如李瑞麟 (1996: 235) 所言：「美國大多數學會、學校多年來採用芝加哥大學 Kate L. Turabian (1987) 編寫的寫作手冊中的規定」。

範照章行事。譬如，文學研究報告的寫作規範是依據 MLA，心理學依據 APA，而語言學依據 LSA。現以政大英語系選「研究報告與寫作」的大二學生為例，在課堂上已學會了 MLA 論文寫作規範。大三時，選修「心理語言學」，其所研讀的研究論文因受心理學寫作規範的影響，大多採用 APA。大四時，選讀「語意學」，在寫研究報告的時候很容易規範不一致。報告的格式、引文與本文的銜接、標點符號、附註的安排、參考書目的編列等等可能混合採用 MLA 與 APA [5]，造成一篇兩制；而非美國語言學者現所慣用的 LSA。

■ 三、研究方法：旁徵博引

為了便於說明旁徵博引，引經據典的概念，先引述美國前參議員葛倫之名言：「如果抄襲一個人的作品，那是剽竊；如果抄襲十個人的作品，那是做研究工作；如果抄襲一百個人的作品那就成為學者」[6]。李振清 (1984: 44) 認為「參考資料的功能，是用以支持、印證研究者的基本論點」。這裡的「抄襲」是指參考資料的「蒐集、引用與再創造」。他非常同意葛倫這段極具啟示性的話。另一位學者聞見思 (1981) 有更清楚的詮釋：

> 直抄一篇文章的人是笨伯，把許多人的文章加以摘錄、排比，寫成一篇文章，不註明摘錄文章出處的是文抄公；能夠註明來源的就是研究生，抄得高明的還可以得到碩士學位。假如能像李白、杜甫那樣，把抄襲得來的東西融會而貫通，消化而吸收，寫出的作品已非本來的面目。化前人的心血為己有，那就是已臻於神出鬼沒的「神偷」功夫。到了神偷境界，就可以成為文豪與學者。

事實上，英國哲學家培根 (1561–1626) 早在三、四百年前曾比喻做學問有三種人：

> 第一種人好比「蜘蛛結網」，其材料不是從外面找來的，而是從肚子吐出來的；第二

---

[5] 有關 MLA (1995) 與 APA 之間，在寫作規範上的差異，請參閱 Slade (1997) 第八章與第九章。

[6] 葛倫之名言，曾被周延鑫、李振清、李學勇、李文儀等多位學者專家引用過，但首次引用者是聞見思先生，在民國 70 年 3 月 28 日中副方塊上所寫的「談抄襲」。為避免誤解，李振清 (1984: 44) 詮釋這裡的「抄襲」是指參考資料的「蒐集、引用與再創造」。而非真把許多本書或許多篇論文所抄襲的部分拼湊一起，所組合而成的研究論文。引用別人的觀點時，不論直接或間接，最忌諱的是，長篇大幅度的引用。儘量濃縮，去蕪存菁，用自己的話去改述 (paraphrase) 別人的話，但仍然需要標明其出處，至於直接引用的時機，請參閱 Slade (1997: 57–58) 與李瑞麟 (1996: 246–247)。

種人好比「螞蟻囤糧」，他們只是將外面的東西，一一搬回儲藏起來，並不加以加工改造；第三種人好比「蜜蜂釀蜜」，他們採攝百花的精華，加上一番釀造的功夫，做成了又香又甜的糖蜜。[7]

由此觀之，文抄公想成為妙手神偷，應效法蜜蜂釀蜜的方法，採攝百家之言，擇善而從，加上一番創造的功夫，持之以恆，才有可能成為學者。至於要如何採攝百家之言呢？簡言之，廣博蒐集研究和參考資料，細微觀察，然後予以歸納、分析、批判，是作任何研究的基本功夫，有了此功夫，撰寫論文時，才能旁徵博引。如果只是隨興所至，東摸西摸，不深入了解，沒有基本功夫，因所知有限，必陷於困窮，將來作研究不易有成就。因為篇幅的限制，以下論述的重點將限於語言學。

● 3.1 資料的蒐集

資料是論文的靈魂，但在浩瀚的研究和參考資料中，究竟該到何處去尋找所需要的「滄海一粟」的資料呢？怎麼找法？找到後又該如何鑑定？以下就這三大方面加以討論。

◑ 3.1.1 資料的寶庫：圖書館與電子資料庫

資料的蒐集應求其廣博確實，圖書館與電子資料庫，無疑地是資料來源最豐富的地方。至於如何有效利用圖書館與電子資料庫，這方面出版的論文與書籍不算少[8]，在此毋庸贅述。

◑ 3.1.2 資料的來源

通常蒐集資料之途徑不外乎下列幾種：

㈠向各行各業的學者專家請教。

㈡為調查某一地區之語言，口語語料的蒐集，可從提供資料的講本地話的人 (informant) 或從日常生活的談話裡尋找。書面語的語料可從報章、雜誌、小說、詩歌、戲劇等印刷物取得，甚至也可來自研究者憑自己的語言知能 (linguistic competence)，所創造出來的新詞彙或新句子。

---

[7] 轉述淡江大學教育研究中心 (1982) 所編著《研究報告之寫作方法與格式》第七頁中的引文。

[8] 請參閱民國 86 年 2 月 22 日中華民國大學校院人文類學門〈研究方法與論文寫作〉課程規劃研討會中，林茂松、陳超明、毛慶禎、鍾雪珍諸位教授所發表的論文，以及宋楚瑜 (1983)、李瑞麟 (1996)、Slade (1997) 等人之專書。

㈢訪問、通訊與問卷得來的資料。

㈣實驗、測量或統計得來的資料。

㈤閱讀期刊、專門索引、百科全書、學報、博、碩士論文、書評、手冊、參考書目、辭典、報紙及報紙論文索引等。

◐ 3.1.3　資料的鑑定

資料之蒐集應務求「廣」、「博」以及「精」。將前人在此專業範圍內的研究成果和有關的研究文獻，應盡可能蒐集齊全，但並非拾人牙慧，那麼對蒐集得來的資料要如何去蕪存菁？如何鑑定是否有可供利用的價值呢？依據 Slade (1997: 16–17) 的說法，通常可從四個原則來過濾：

㈎**區別原始資料 (primary sources) 和第二手資料 (secondary sources)**

原始資料通常包括原作者的出版作品之原始手稿、日記、信函、訪問談話的原始筆錄、實驗報告等。第二手資料概括有百科全書、參考書籍、專門報導、評論或專家學者對某一原始作品所作之分析、評論、詮釋等。此外，宋楚瑜 (1983: 63–64) 提醒我們：

> 在評價這兩種資料時，我們必須用判斷力來分辨其間的特性與可信性。㈎就原始資料來說，我們必須判斷資料本身的可信程度如何？從材料中歸納出對報告有幫助的結論。
>
> ㈏就第二手資料而論，我們必須決定原作者本人是否值得信賴，並且要辨別書中何者為事實，何者是原作者自己引申的見解。

譬如，在語法論文中，若要引述語言學大師杭士基的「管轄約束理論 (GB theory)」，應採用原始資料。對杭氏理論的補充、評論、詮釋之類的二手資料，市面上汗牛充棟，僅供參考而已。

㈏**客觀性 (objectivity of the source)**

檢視論文作者討論某一問題之觀點是否客觀公正？抑或懷有偏見或成見？所作的結論，是否合乎邏輯？有無證據支持？譬如，有些杭士基的弟子所寫的論文，常為杭氏理論表達某種程度的鼓吹或辯護，這時我們要問：他們是否受了杭氏的影響，有無語料，論證是否合乎邏輯？或是為了迎合某種趨向，為自己的見解辯護？

㈐**作者個人的研究資歷 (qualifications of the author)**

作者所寫的論文，在該專業領域內是否有極高的知名度？可從所獲之學位、經歷、

職位等看出是否有資格從事該方面之研究。譬如，趙元任被公認為漢語語言學泰斗，而李方桂為非漢語語言學的權威。

㈠等級 (level)

有些論文太專門、太深奧，需要向專家諮詢才能懂，否則無法採用；有些太膚淺，只適合一般人士之閱讀，也不能採用。因此，論文等級可從文中之措辭、句子結構、內容複雜性及所需的背景知識而定。

● 3.2　資料之消化

天下沒有純粹創作的作品，不管是文藝的或是科學的，因為任何學問都是知識與經驗的累積。消化蒐集不易的資料，就是對前人研究的精華，多方吸收，擇善而從，「寫出的作品已非本來的面目。化前人的心血為己有，那就是已臻於神出鬼沒的神偷功夫」（聞見思先生語）。關於創作，周延鑫 (1981: 13) 給了一個很適當的例子並說明之。

> 例如大家都知道愛因斯坦是發現光電效應的人，可是第一個造電視機的人不是他，唸物理系的人一定都同意，如果沒有光電效應發現在前，電視機一定很難發明的，所以一個成功的創作產品，創作者一定是吸收了很多先人們的發明，他先將別人的發明加以吸收，融會貫通以後再加以重組與利用；也就是對已知的真理先用別人的看法來自我模仿一番，然後對未知的真理加以推理與認同，如果發現了前人所不知的事物原理，那就是有創作了。

事實上，語言學理論也是如此。杭士基的理論，擺脫了行為主義籠罩下結構學派的窠臼。他首先懷疑行為主義的基本假設，不認為以刺激與反應的互動性可了解人類的心理結構。他認為行為科學論欠缺認知內容，無法應用到人類語言的研究，因為結構學派的語言理論無法解釋：例如，為何人類語言具有創造性與開放性？或者為何有些句子具有多義或同義現象？為解釋後者，杭士基深信每一個句子都有二層結構：「底層結構」與「表層結構」。由底層結構變成表層結構的過程，必須透過變換律的運作程序。因杭氏發現了前人所不知的底層結構這一概念，終把語言學的研究從結構學派帶入衍生變換學派的新境界。

現另舉「格變語法」(case grammar) 之建立為例，費爾摩 (Fillmore, 1968, 1971) 對杭士基的底層結構妥當性表示懷疑，認為不夠深入，充其量只算是過渡結構 (intermediate structure)，因而創立了「格變語法」。依據格變語法理論，句子是由動詞以及與這個動

詞具有一定語意關係的格 (case) 所組成。存在於底層結構中的語法關係,如主語和賓語,其實都是表層結構的概念。在底層結構中,每一個名詞組 (NP) 都被分派擔任某一個格如主事格 (agent)、客體格 (object) 或工具格 (instrument) 等。幾乎每一個格都有擔任主語或賓語的可能性,透過適當的變換律運作之後,才可成為表層結構的主語或賓語。請看下列英文例句的深層結構:

John broke the window with a hammer.

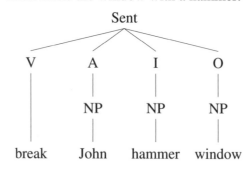

事實上,費爾摩的語意底層結構在本質上與語言的述詞邏輯結構[9]非常類似,見下圖:

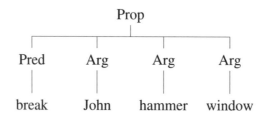

他把邏輯術語如命題 (proposition)、述詞 (predicate)、論元 (argument) 分別換成句子 (sentence)、動詞 (verb)、名詞組 (NP) 等語法上的術語,另加格位的概念,即名詞組都賦有一定的格,就創立了前人所不知的格變語法,為當時的語言研究提供了另一種分析的途徑。

像蜜蜂釀蜜似的,杭士基與費爾摩攝取百家之言,通古博今,加上一番創造的功夫,終能站在從事同類研究的前輩肩膀上,若不懷疑結構學派的理論,哪會有杭士基的衍生變換學派?同理,若不是對杭士基抽象的底層結構產生懷疑,哪會有費爾摩的格變語

---

❾ 有關述詞邏輯結構,請參閱 McCawley (1981) 第四章。

法^❿？他們匠心獨運所得之結晶共同點，即是善於引用所蒐集之資料並且融會貫通，化前人的心血為己有，都成為武俠小說中的妙手神偷。

由此觀之，要有獨特的創意，先從懷疑與批判開始。在構思研究報告或論文的某些主要論點後，就應儘量蒐集已往的相關文獻。由於知識無國界，應隨時注意國內外論文圖書與期刊出版的情形。此外，為避免重蹈前人失敗的覆轍，或避免重複前人已有的努力，應對前人文獻加以評論 (literature review)，找出他們研究上的盲點，這樣對前人已有的知識才有充分的了解並妥切加以吸收，去蕪存菁，進行深究和補強，才能求取新的知識，再憑自己的研究、考證、旁徵博引才有可能寫成一篇具有創見且引證充足的論文。

■ 四、論文寫作：小題大作

從事論文寫作，最困難的事是什麼？只要寫過論文的人大多會回答說：「選題難」。的確，選擇題目，似易實難，若想選小題，又想大作特作、尤其困難。怎樣選擇一個適當的題目呢？幾乎任何一本探討論文寫作的專書，如宋楚瑜 (1983: 1–9)，李瑞麟 (1996: 19–36)，Slade (1997: 2–4) 都提及關於選擇與界定題目的一些基本原則。本文在此毋庸贅述。

選擇題目既然是影響論文成敗的關鍵，如何擬定適當的小題而大作呢？大致上可以從以下幾方面著手：

1.**先擬定一個自己有濃厚興趣的題目**。即使所擬定的題目，研究範圍太大，其實無所謂，但務必要有濃厚的興趣，因為從瀏覽群書、蒐集資料、整理分析，到撰寫論文，樣樣都需要興趣配合，方能獲致事半功倍之效，而研究問題的衝刺力才會歷久不衰。

2.**儘量縮小題目的研究範圍**^⓫。至於把題目縮小到什麼程度，全靠蒐集的資料與個人處理這些資料的能力來做決定。通常學生喜歡從大題著手，但在圖書館閱讀一些前人的文獻之後，發現資料太多不易細讀，才選定某一個問題的某一層面或選擇某種研究的觀點或方法，以逐步縮小題目範圍。因題目小，較易於蒐集資料並可整理詳盡的書目及資料卡。再者，觀念較易集中，精華較易摘取，往往可以深入問題中心，而不流於膚淺，作者才可能有個人的創見或新發現。

---

❿　杭士基的普通語法 (universal grammar) 中的主題 (關係) 理論，有些主題角色概念仍來自格變語法。

⓫　至於如何縮小題目，李瑞麟 (1996: 24–27) 認為有四個方法：⑴問問題，⑵特殊化，⑶地理層面，⑷時間層面。Sears (1973: 38–39) 也有類似的看法。

3.**對前人類似的研究作一徹底的文獻探討**。對所要撰寫的題目更進一步的認識，作者必須檢討前人的文獻。其目的在了解迄今哪些已有圓滿的答案、哪些是細微末節的小問題、哪些問題太空泛目前不適合研究、哪些問題仍然眾說紛紜等。如遇有懷疑的問題、當然應予深究 **⓬**。同時作者藉此觸類旁通，發現一些靈感並了解所擬定的題目是否已有前人做過類似的研究，也可了解自己的興趣到底有多深。

4.**多問問題**。在探討已往的相關文獻時，不妨多問問題，如言心誓 (1938: 11) 所問的：「這個問題有無再加研究的必要？有無重新研究的可能？這個問題的知識，是否仍有缺陷，尚待補充？我們若拿來再作的時候，又有多大的益處？」當然我們可以再問前人所研究的理論、方法、過程是否能加以修正、充實、擴充、甚至取代？在探討的過程中，我們的概念與所思考的問題都會隨著修正，所擬定一般性的題目也隨之縮小成特殊性的題目，一直到找到合適的研究題目為止，此即孔子所謂的「溫故而知新」。

5.**提出假設** (hypothesis)。就是對所研究的問題提供可能有創意的答案。所謂「答案」應包含作者需要證明的觀點和意見，以供後學者從事後續研究之參考，以便測定該假設是否合理健全。因為一篇有價值的論文，並非只是拾人牙慧或綜合已往的相關文獻作摘要式的概述，而無新的創意。

筆者 (1991) 以利用擴充主題連鎖 (extended topic chain)，為我國學生學英文而設計出一套英文段落發展的模式為例，來說明論文寫作的歷程。筆者在美留學期間，即對布拉格學派 (Prague School) 所謂的交談功能的「詞序原則 (word order principle in terms of communication)」深感興趣。返國服務後，研讀曹逢甫 (1980) 的論文〈中英文的句子——某些基本語法差異的探討〉，文中提出了「主題連鎖」的概念，也就是說中文句子是由一個或數個評論子句（他建議最好只限於四個）組成，前面冠以一個可以貫穿全部子句的主題。請看他給的例句，注意(a)的分析：

⓬ 懷疑的問題包括作者的觀念、認知與見解。譬如，基本觀念是對的嗎？是否有邏輯謬誤？語意不清的謬誤？不充分證據的謬誤？作者所言是真的言之有物嗎？是否有抽象或概化？是否缺乏前瞻性？見樹不見林？是否有見解？其見解是否統一和前後一致？等等。教導學生懷疑與批判，讓他們自己去體認，這方面可參閱 Smith (1993) 第八章 (Critical Thinking)。

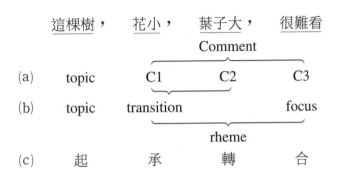

　　(a)依據主題連鎖分析：所談論的主題是「這棵樹」，其後緊接著三個評論的子句。而(b)的分析是依據交談功能的「詞序原則」，也就是人在談話時，總是先提主題，然後承接主題，最後才提及句子的訊息焦點。換言之，句子的進展是依「主題」、「承接」、「焦點」的秩序而展開的。這兩種不同的分析，事實上頗有異曲同工之處。不過這時筆者的研究興趣與範圍濃縮到這些分析對國人學習英文閱讀或寫作有無啟示作用？同時為深入研究，積極蒐集布拉格學派研究「句子功能分佈觀 (Functional Sentence Perspective Theory)」 主要作者如 Mathesius, Firbas, Daneš 和曹逢甫 (1980, 1981, 1983) 的相關文獻 ❸，此外也參閱英語教學專家有關閱讀與寫作的文獻，其中引起筆者最大興趣的是 Kaplan (1966) 用圖表方式說明英語、閃族語、東方語、羅曼斯語及俄語的段落發展方式。但在研讀這些辛苦蒐集得來的資料時，不少問題湧上心頭，如我國傳統文章作法四步驟：「起」(introduction to a topic)、「承」(elucidation of the topic)、「轉」(transition to another viewpoint)、「合」(conclusion or summing up) 不是也可以分析嗎？如(c)句，一開始就談到主題「這棵樹」，這是「起」的部分；接著說明這棵樹花很小，這是「承」的部分 (= C1)；現從樹的花移轉到樹的葉，這是「轉」的部分 (= C2)；最後結論，這棵樹很難看，這是句子的焦點，也就是「合」的部分 (= C3)。由此觀之，文章作法的四步驟可以涵蓋「詞序原則」或「主題連鎖」在分析句子時所遵循的原則。因此我們有理由可以把「詞序原則」或「主題連鎖」的概念，從以句子為單位的分析，擴充應用到以段為單位的英語閱讀或寫作上。最後提出下面的擴充主題連鎖，其中→表有密切關聯性，┅►表選擇性，可有可無。

---

❸　對於布拉格學派所提的「句子功能分佈觀」，曹逢甫教授的「主題連鎖」概念和筆者的「擴充主題連鎖」，讀者欲知詳情，請參閱本文有關的參考書目。

起 → 　　承 ⇢ 　　轉 → 　　合

(Topic → Ccheng ⋯⋯▸ Cjwan → Che)

　　這就是為我國學生學英語而設計出的一套英文段落發展模式。由於這個結論必須基於事實，我們拿臺灣大專聯考英語試題中的四段閱讀測驗文章加以檢視，結果發現英文段落的發展並非如 Kaplan (1966) 所言，是直線式的，而東方人的段落是迂迴的。因此我們反駁那種中文段落組織方式和英文段落組織有明顯不同的說法。最後的結論是對國內學習英文的學生，清楚的講解擴充主題連鎖，將有助於學習英文閱讀與寫作的技能，並希望擴充主題連鎖可提供學者從事後續研究之參考與依據。

五、結　論

　　論文寫作最重要的是言之成理，要言之成理，唯一祕訣是多讀、多看、多研究；而研究就是發掘問題到解決問題的一連串以問題為導向的過程，有點像挖煤礦一樣，不斷去掘，一直挖到煤為止。因此，做研究，要下苦功，天賦需苦功為伴，無捷徑可循。功夫足了，就像珠寶看多了，自然就會鑑定，什麼書有料沒料，一看就知道。這種發現可疑之處，發掘問題、蒐集資料、比較鑑定、知所取捨是做研究的基本功夫，擁有這些功夫，從事論文寫作時，自然就會旁徵博引、小題大作，遠離抄襲之路，步上創作之康莊大道，進而享受點點滴滴凝聚而成的豐碩學術成果。

參考書目

㈠中文部分

李文儀。一九八一。〈也談抄襲與研究〉。《中央日報》8 月 27 日，副刊。

李振清。一九八四。〈研究方法中的資料引用〉。《中國論壇》第二〇八期，頁 44–45。

李瑞麟。一九九六。《突破研究與寫作的困境》。臺北：茂榮圖書有限公司。

李學勇。一九八一。〈也談文章的抄襲與引用〉。《中央日報》7 月 13 日，副刊。

言心誓。一九三八。《大學畢業論文的作法》。商務印書館。

〈高教司前余司長詮釋 "University" 之涵意〉。《高教簡訊》第七〇期，民國 86 年 1 月 10

日，頁 19。

宋楚瑜。一九八三。《如何寫學術論文》。修訂初版。臺北：三民書局。

淡江大學教育研究中心。一九八二。《研究報告之寫作方法與格式》。臺北：淡江大學出版中心。

周延鑫。一九八一。〈由抄襲、模仿談如何創作〉。《中央日報》6 月 13、14 日副刊。

曹逢甫。一九八〇。〈中英文的句子──某些基本語法差異的探討〉。湯廷池、曹逢甫、李櫻編《一九七九年亞太地區語言教學研討會論集》。頁 127–140。臺北：學生書局。

湯廷池。一九八一。《語言學與語文教學》。臺北：學生書局。

聞見思。一九八一。〈談抄襲〉。《中央日報》3 月 28 日，副刊。

㈡英文部分

Chomsky, Noam. 1957. Syntactic Structures. (Janua linguarum, 4.) The Hague: Mouton.

——. 1982. Some Concepts and Consequences of the Theory of Government and Binding. Cambridge, MA: MIT Press.

Cook, V. James. 1989. Chomsky's Universal Grammar. Oxford: Blackwell.

Cook, Walter A. 1969. Introduction to Tagmemic Analysis. New York: Holt, Rinehart and Winston.

Daneš, František. 1974. "Functional Sentence Perspective and the Organization of Text." Papers on Functional Sentence Perspective, ed. by František Daneš, 106–128. Prague: Academica.

Fillmore, Charles J. 1968. "The Case for Case." Universals in Linguistic Theory, ed. by Emmon Bach and Robert Harms, 1–88. New York: Holt, Rinehart and Winston.

——. 1971. "Some Problems for Case Grammar." Monograph Series on Languages and Linguistics, ed. by Richard J. O'Brien, 24, 35–56.

Firbas, Jan. 1974. "Some aspects of the Czechoslovak approach to problems of functional sentence perspective." Papers on Functional Sentence Perspective, ed. by František Daneš, 11–42. Prague: Academica.

Gibaldi, Joseph. 1995. MLA Handbook for Writers of Research Papers. 4th ed. New York: Modern Language Association of America.

Hansen, Kristine. 1989. English 315 Supplement. Minnesota: Burgess International Group.

Hatch, Evelyn and Hossein Farhady. 1982. Research Design and Statistics. Cambridge. Newbury House Publishers.

Kaplan, Robert B. 1966. "Cultural Thought Patterns in Inter-cultural Education." Language Learning 16. 1–20.

McCawley, James D. 1981. Everything that Linguists have Always Wanted to Know about Logic but were Ashamed to Ask. Chicago: University of Chicago Press.

Mo, Chien-Ching. 1991. "An Extended Topic Chain: A Paragraph Development Model for Chinese Learners of English." Journal of National Chengchi University, 62: 285–309.

Sears, Donald A. 1973. Harbrace Guide to the Library and the Research Paper. New York: Harcourt Brace Jovanovich.

Slade, Carole. 1997. Form and Style. 10th ed. Boston: Houghton Mifflin.

Smith, Brenda D. 1993. Bridging the Gap. 4th ed. New York: Harper Collins College Publishers.

Tsao, Feng-Fu. 1981. Topic Chain in Chinese: A Functional Basic Discourse Unit. Taipei: Crane.

——. 1983. "Linguistics and Written Discourse in Particular Languages: English and Chinese (Mandarin)." Annual Review of Applied Linguistics, eds. by Robert B. Kaplan et al. 99–117. Rowley, Mass.: Newbury House.

國家圖書館出版品預行編目資料

從語音的觀點談英語詞彙教與學／莫建清著.一一二
版一刷.一一臺北市：三民，2022
面；　公分

ISBN 978-957-14-7371-0 （平裝）
1. 英語 2. 教學法 3. 文集

805.103　　　　　　　　　　　110022286

從語音的觀點談英語詞彙教與學

作　者	莫建清
發 行 人	劉振強
出 版 者	三民書局股份有限公司
地　址	臺北市復興北路 386 號 (復北門市)
	臺北市重慶南路一段 61 號 (重南門市)
電　話	(02)25006600
網　址	三民網路書店 https://www.sanmin.com.tw
出版日期	初版一刷 2005 年 1 月
	二版一刷 2022 年 2 月
書籍編號	S805020
I S B N	978-957-14-7371-0

三民書局